KiWi 212

Über die Autoren
Richard Rogler wurde zwischen den Jahren 1949 und 1969 in der Kreisstadt Selb im ehemaligen Zonenrandgebiet von seinen Eltern, Elsa und Hans Rogler, gefördert. Die Förderungsmaßnahme war von dem erfolgreichen Abschluß des Abiturs gekrönt. Danach versuchte er sinnloserweise die Verteidigungsbereitschaft der Bundesrepublik bei der 5. Gebirgsjägerdivision zu erhöhen – ein Erfolg wollte sich nicht einstellen – Rogler verließ die Truppe wie er sie betreten hatte: als einfacher Jäger. Ab 1970 förderte er an der Universität Würzburg als Sport- und Sprachstudent die Arbeitsplätze des ansässigen Lehrkörpers, unterbrach allerdings diese Maßnahme durch den Eintritt ins Theaterleben. Rogler erscheint in der Gründungsurkunde des Kindertheaters »Ömmes & Oimel« aus dem Jahr 1974 als aktives Förderungsmitglied. Als solcher förderte er bis 1978 die geistige Widerstandskraft der Kinder. Danach förderte er zusammen mit Heinrich Pachl unter der Bezeichnung »Der Wahre Anton« die politische Theaterkultur in Stadt und Land. Nachdem er von einer Krankheit ein halbes Jahr ins Bett befördert wurde, bestritt er seinen Lebensunterhalt aus dem Förderkorb der Städtischen Bühnen Köln, die er wegen eines Gemischs aus Über- und Unterforderung 1986 verließ. Danach förderte er sich selbst, ohne die Lachmuskel der Zuschauer zu vergessen: Mit dem Bühnenmonolog »Freiheit aushalten!«, so wurde ihm von vielen Kritikern bescheinigt, habe Rogler die Grenzüberschreitung von Kabarett zum Theater erfolgreich gefördert.
Unablässig versucht er seit Jahren, die geistige Unterforderung der Menschen in Hörfunk und Fernsehen zu durchbrechen. So auch mit seiner Fernsehsendung »Mitternachtsspitzen«, bei der der Co-Autor dieses Buches, Jörg Metes, ins Spiel kommt: als Verfasser vieler Texte, die das Ansehen dieser Sendung beim Publikum förderten.

Förderungen
Zweimal Deutscher Kleinkunstförderpreis Mainz, 1982 und 1987
Telestar-Förderpreis, 1987
tz-Rosenstrauß des Jahres, 1987
Grimme-Preis, 1989

Mit dem vorliegenden Buch »Mitternachtsspitzen« fördert Rogler nach »Freiheit aushalten!« (KIWI 178) zum zweitenmal das Verlagsangebot von Kiepenheuer & Witsch.
Jörg Metes, geboren 1959, studierte Mathematik und war von 1983–1987 Redakteur und Chefredakteur der Zeitschrift *Titanic*, wo er z. B. Schöpfer der Anzeigenserie »Echtes Geld« war. Seither lebt er als freier Autor in Frankfurt.

Richard Rogler · Jörg Metes

Mitternachtsspitzen

Richard Roglers
gesammelte Auftritte

Kiepenheuer & Witsch

Umschlag: Manfred Schulz, Köln
Schriftzug: Kiki Müller-Frank
Umschlagfoto: Eusebius Wirdeier
Gesamtherstellung: Clausen & Bosse, Leck
ISBN 3-462-02025-0

Inhalt

Leichte Unterhaltung

Wunde Punkte

Woran wir glauben

Wahrlich, wir leben in seltsamen Zeiten: Dem einen gelten sie als beklagenswert nüchtern und rational, als bloß noch von kalter Logik und Vernunft geprägt – dem anderen aber bescheren sie nichtsdestotrotz Tage wie diesen hier:

Letzte Woche – Mittwoch oder Donnerstag... nein doch Mittwoch, ja, es war Mittwoch, ich komm vom WDR, lauf da beim Ramada vorbei, Richtung Venloer, ich wohn ja da an der Ecke Bismarckstraße, ach denk ich, hast heute keinen Termin, trinkst noch ein, zwei Kölsch beim Päffgen... Ich geh also rein, setz mich hin, hatte gerade ein Bier bestellt, kommt einer an den Tisch, fragt: »Ist hier noch was frei?«

»Sicher.«

»Nein, ich frag nur, nicht daß Sie einen Termin mit anderen haben...«

»Nein, überhaupt nicht, im Gegenteil, setzen Sie sich hin!«

Ich schau so in die Speisekarte rein, die hatten gerade Wildwoche, mal einen schönen Hasenrücken, habe ich schon lange nicht gegessen, Rehkeule, wär auch schön, allerdings mit Kroketten, mag ich an sich nicht so, aber zum Wild, gut, seh ich ein... Jedenfalls, ich bin noch am Überlegen, auf einmal sagt der zu mir, ich hab' ihn gar nicht mehr beachtet gehabt – sagt der zu mir: »Darf ich Sie mal was fragen?«

Ich sag: »Bitte«.

»Glauben Sie an die Existenz des Satans?«

»Bitte?«

»Ja, glauben Sie, daß es den Satan gibt?«

»Ja, ich habe schon verstanden, aber –«

»Der Teufel, glauben Sie, daß der unter uns ist?«

»In dem Sinn jetzt, direkt, daß er hier am Tisch sitzt? Das ist jetzt im Moment also überhaupt nicht mein Problem.«
»Aha! Das sagen sie alle! Aber wenn sie mal ganz ehrlich sind...«
Holt der eine Broschüre raus, drückt sie mir in die Hand, ich sag: »Also, bevor Sie jetzt... ich glaube, ich bin der Falsche... ja, ich schau mal rein.«
Hab' ich das Ding genommen, zum Essen habe ich gar nichts mehr bestellt, ich bin raus, hab' ja nur 500 Meter nach Hause, und ich denke mir: Bevor du dich den ganzen Abend vollabern läßt mit seinem Satanszeug, schaust lieber fern, nachher kommt noch die Talkshow drei vor Mitternacht, vielleicht haben sie ein interessantes Thema...
Jedenfalls, ich schalt ein, und zwar die Tele-Illustrierte. Da war gerade noch das Ende von der C. C. Catch mit ihrem neuen Hit »In the backseat of your Cadillac« – dann kam eine Schweizerin als Studiogast, zu der kann man hingehen, die ist ein Medium, über die kann man mit verstorbenen Familienangehörigen im Jenseits Kontakt aufnehmen. Ich hab' sofort umgeschaltet auf Hier und Heute – aber da war ein evangelischer Pfarrer aus Wuppertal-Elberfeld im Studio, und der sprach über die Frage, ob dieser neue Scorsese-Film mit der letzten Versuchung da, ob der den gläubigen Christen in seinem religiösen Gefühl verletzt. Der Pfarrer meinte, die meisten Katholiken, die sich aufregen, haben den Film noch gar nicht gesehen. Insofern solle man erst mal reingehen, dann könne man sich immer noch aufregen.
Ich mein, mir ist es egal, ich geh weder rein, noch reg ich mich auf, hab' ich den Ton weggemacht, bis die Tagesschau kommt, und in die TAZ reingeschaut. Die aber hatte gleich auf der Titelseite einen Riesenbericht über die Esoterische Woche im ›Tempodrom‹: Im Moment sind gewisse altägyptische Isis- und Osiris-Kulte angesagt, hieß es da – mehr wollte ich dann aber auch schon nicht mehr wissen; hab' mir

den ›Stern‹ hergenommen – der Stern ist mir manchmal doch lieber, da weiß man von vornherein, die Artikel haben jetzt doch nicht den authentischen Hintergrund, die wissen ja auch oft nicht, was sie schreiben; insofern habe ich die neue Serie: »Stammt die Frau vom Teufel ab?« nicht so ernst genommen. Ich meine: »Ist die Vagina die Hölle?« Was soll das? Denen geht's letztlich ja doch bloß ums Titelbild.

Na, dann kam ›Heute‹, als erste Meldung allerdings gleich: Sonderbus mit Pilgern aus Paderborn kurz vor Lourdes in die Schlucht gestürzt, 32 Tote, 17 Schwerverletzte überlebten wie durch ein Wunder – und gelobten sofort, eine Dankeswallfahrt zur schwarzen Madonna nach Zschenstochau zu machen! Jetzt bin ich doch langsam unruhig geworden – hab' ich in meiner Jackentasche nach Zigaretten gesucht, fällt mir die Broschüre in die Hand, die mir der bei Päffgen gegeben hat, pechschwarz, steht nur drauf »Satan siegt«, in dem Moment klingelt's an der Tür.

Ich denk: Moment!, ich hab' doch heute keinen Termin mehr gehabt, oder?

Ich mach auf, stehen da zwei Zeugen Jehovas mit dem Wachtturm! Ich sag: »Darf ich Ihnen diese Broschüre noch dazugeben? Schönen Abend noch!« und knall die Tür wieder zu.

Dann hab' ich eigentlich bloß noch versucht, mich wieder halbwegs zu beruhigen, und am Ende hatte ich mich an sich auch wieder einigermaßen beruhigt – doch dann fing die Talkshow an, und die hatte ausgerechnet das Thema: »Wiederauferstehung – Wiedergeburt – Wiedervereinigung in den Grenzen von 1937 / Woran wir glauben.«

Gesprächsteilnehmer waren Ulla v. Burnus, die Satanspriesterin aus Bad Homburg, Erich v. Däniken, Elisabeth Tessier, Uta Ranke-Heinemann, Horst-Eberhard Richter, Alfred Dregger. Und die Gesprächsleitung hatten Luise Rinser und Didi Hallervorden.

Jeder hatte natürlich auch ein neues Buch mitgebracht, zuerst

kam Uta Ranke-Heinemanns ›Wer's glaubt, wird selig – die Jungfrauengeburt als Männerphantasie‹.
Da wollte ich an sich sofort wieder ausschalten, denn ich sage mir: Warum ist sie damals dann überhaupt von den Evangelen zu den Katholen übergelaufen? Wird extra katholisch und meckert die ganze Zeit dann doch nur rum. Jetzt ist sie doch schon Professorin, was will sie denn noch? Päpstin werden, oder was? Sind denn heute alle am Spinnen? Und dann kam auch noch der Däniken mit seiner Theorie, außerirdische Intelligenzen hätten Maria künstlich befruchtet, insofern könne man durchaus von einer Jungfrauengeburt sprechen – und da hab' ich die Fernbedienung genommen und auf den Fernseher geschmissen, der ging merkwürdigerweise sogar wirklich aus, und ich bin aus der Wohnung gerannt. Hab' mir gesagt, darauf brauchst du jetzt erst mal ein Bier, bin ich runter zur Gerdi in die Jägerklause, steht einer am Tresen, den kannte ich nicht, aber irgendeinem mußte ich das alles einfach erzählen, der läßt mich eine halbe Stunde lang reden – und dann schaut er mir tief in die Augen und sagt: »Sternzeichen Jungfrau, oder?«
Darauf bin ich sofort nach Hause, habe alle Termine für den nächsten Tag abgesagt und mich bloß noch ins Bett gelegt.

Wahnsinn

Auf dem Berliner Programm-Parteitag Mitte Dezember 1989 haben Oskar und seine Getreuen versucht, neu zu definieren, was denn heute ein Arbeiter sei. Man ist noch zu keinem klaren Ergebnis gekommen. Fest stand am Ende des Parteitages jedenfalls, daß die SPD nach wie vor die Partei der kleinen Leute bleiben wird. Um dieses Ziel zu erreichen, muß sie immer dafür sorgen, daß es kleine Leute gibt – sonst hat sie ja ihr Selbstverständnis verloren. Gerade der unberechenbare Oskar mit seinem Verzicht auf momentane Lohnerhöhung bei verkürzter Arbeitszeit macht so manchem ehemals treuen Genossen Angst. Viele spielen schon mit dem Gedanken, in die CDU einzutreten, und müssen sich dafür oft vor ihren Genossen rechtfertigen.

»Kollegen... Nein, das war eine private Äußerung von mir, ich habe mal laut darüber nachgedacht, mehr nicht!... Das stimmt, ich habe mir überlegt, ob ich in die CDU eintrete, obwohl ich noch einen Arbeitsplatz habe... Das werde ich dir gerade sagen, wo der ist... Nein, ich bleibe doch in der Gewerkschaft, das ist keine Frage. Aber die SPD macht mir Angst!

Die wollen sich mit den Unternehmern anlegen, indem sie auf eine Lohnerhöhung verzichten. Auf so einen Vorschlag von seiten der SPD sind die Kapitalisten doch überhaupt nicht vorbereitet. Und darauf fallen die nie rein! Die haben doch meistens Abitur. Die kennen die Geschichte vom Trojanischen Pferd. Die wissen doch besser als wir, daß *keine* Lohnerhöhung einer Lohnkürzung gleichkommt... Das gehört überhaupt nicht hierher. Ja, ich habe manchmal ein schlechtes Gewissen, weil ich noch Arbeit habe. Ich schäme mich auch manchmal, daß ich für meine Arbeit bezahlt werde. Aber ich kann nichts abgeben. Ich spiele schon seit Jahren kein Lotto mehr, und jetzt soll ich plötzlich in die Unternehmerkasse

einzahlen, obwohl die doch noch gar nicht gesagt haben, wieviel Arbeitsplätze durch unseren Verzicht auf Lohnerhöhung zu gewinnen sind, und ob die Ziehung wöchentlich sein soll.
Außerdem will ich gar nicht weniger arbeiten... Was heißt hier, Arbeit macht häßlich?! Schau dich doch mal an, wie du aussiehst!... Hör' mal zu... hör' mal zu! Sei doch mal ehrlich. Das Schönste für dich sind auch die Überstunden, hinterher noch zwei drei Biere, und wenn du nach Hause kommst, sind die Kinder und deine Frau bereits im Bett, und du mußt dir nicht anhören, wie anstrengend deren nichtbezahlter 16-Stunden-Tag war! Sei doch mal ehrlich, Kollege!... Ja, Arbeit macht krank. Aber das weiß man doch vorher. Nur, paß mal du auf, du Schlaumeier! Keine Arbeit macht noch mehr krank. Wenn ich ganz ehrlich bin – die FDP gefällt mir sonst nicht –, aber den Vorschlag vom Grafen finde ich so schlecht nicht, an jedem Arbeitsplatz eine Tafel anzubringen, wo draufsteht: ›Der Bundesarbeitsminister informiert: Dieser Arbeitsplatz gefährdet Ihre Gesundheit! Ein Arbeitstag enthält 8 Stunden bei einer Unterbezahlung von täglich 30 Mark.‹ Das ist zumindest ehrlich.
Aber die SPD tut immer so, als kämpfe sie im Untergrund. Als wäre sie besonders schlau! ...Was heißt hier subversiv? Das Wort kennen die überhaupt nicht!... Wenn die jetzt sagen... wenn die jetzt sagen... hört doch zu! Wenn die jetzt sagen: Solidarität heißt zwar nach wie vor kämpfen, aber im Moment heißt es mitleiden mit den Arbeitslosen, jetzt müssen die Arbeiter ihr Geld mit den anderen teilen, dann frage ich euch: seit wann haben wir Geld? Ich habe keins gesehen! Und wer glaubt, daß dann die Unternehmer mit dem angeblichen Geld neue Arbeitsplätze schaffen – gute Nacht, Freunde. Das ist der helle Wahnsinn!! Erstens fühlen sich die Unternehmer von den Tarifverhandlungen ausgeschlossen, da werden die schon mal sauer, und zweitens wird nach drei

vier Jahren auch der letzte Arbeiter begriffen haben, daß der Unternehmer freiwillig nichts verschenkt und natürlich an der Arbeitslosigkeit interessiert ist. Und dafür hat der Arbeiter auf seine Lohnerhöhung verzichtet.
Ich befürchte, daß die Unternehmer über das Angebot der SPD: Weniger Arbeit bei weniger Lohn! weit hinausgehen werden. Die bieten doch jetzt schon die Null-Stundenwoche bei vollem Arbeitslosengeld an.
Und das Schlimmste ist – um die CDU... Kollegen, seid doch mal ruhig... um die CDU kümmert sich überhaupt keiner. Deshalb will ich doch dort eintreten. Hört mal zu... die CDU will die Zeit überhaupt abschaffen. Ich sage nur Sommer- und Winter-Zeit. Das war nur der Anfang. Plötzlich fehlt eine Stunde. Und wenn man eine Stunde abschaffen kann, kann man im Zeitalter der modernen Technik auch 24 Stunden abschaffen! Dann weiß überhaupt keiner mehr, wann er zu arbeiten angefangen hat, und kann deshalb auch keinen Feierabend mehr machen. Der Arbeiter schuftet durch, bis er umfällt. Aus! Kein Arbeitslosengeld, keine Rente, nix! Das meint doch der Blüm, wenn er sagt: ›Was für den Kommunismus die klassenlose Gesellschaft ist, ist für den Kapitalismus die zeitlose Gesellschaft.‹
Also, aufpassen!
Ich halte euch auf dem laufenden.«

Was ist eigentlich der Kölner Karneval?

Seit 1977 wohne ich nun in Köln am Rhein. Seitdem habe ich als Zugereister immer wieder versucht, mich dem Kölner Karneval zu nähern. Ist der Karneval historisch zu begreifen, ist er einem Außenstehenden überhaupt zu erklären oder ist der Karneval eine Glaubensfrage, ein Lebensgefühl, nach dem Prinzip: entweder man hat's oder man hat's nicht?
Den letzten Versuch, den Karneval, oder wie der Kölner sagt, »Die fünfte Jahreszeit«, rational zu begreifen, unternahm ich im Januar 1989. Seinerzeit führte ich ein öffentliches Gespräch mit dem bekannten Karnevalspräsidenten und Vorstandsmitglied des »Freiwilligen 3 Gestirn Köln eins«, Herrn Jürgen Becker.

ROGLER Neben mir sitzt nun der Herr Becker, Herr Becker ist Gründungspräsident der »Poller Mohrenköpp von 1910«, Leiter des Festausschusses der Bickendorfer Karnevalsgesellschaft »Ledige Jungs e. V.«, Geschäftsführer der Stiftung »Jugend in die Bütt«.
Herr Becker, vom Anspruch her ist Karneval ein Lusterlebnis: Gefühle, innere Spannungen werden frei, ein Effekt, den Aristoteles und später Freud als »Katharsis« bezeichneten. Fürchten aber nicht gerade Sie als Jugendbetreuer, daß aufgrund der hohen Jugendarbeitslosigkeit besonders die Nachwuchskarnevalisten entweder über die Stränge schlagen oder gar im Bier ersaufen?

BECKER Sie sind nicht aus Köln, Herr Rogler?

ROGLER Nein, aus Selb.

BECKER Ach, das liegt bei Lübeck da oben.

ROGLER Nein, in Oberfranken.

BECKER Ja, da können Sie jetzt nichts dafür, aber dann ist ja für Sie folgendes interessant:
Die Zugaufstellung für den Rosenmontagszug ist ja in der Jan-van-Werth-Str.

Und nach diesem Jan-van-Werth ist ja auch das älteste Reitercorps Jan-van-Werth benannt. Der Zugweg verläuft dann am Interconti vorbei, einem 3-Sterne-Hotel. Jetzt hat aber dieses Jahr das Ramada-Hotel eröffnet, ein 5-Sterne-Hotel, das liegt jetzt direkt nicht am traditionellen Zugweg, aber das müssen Sie verstehen, Herr Rogler, da kostet das Einzelzimmer 260,– DM, und selbstverständlich hat ein Gast, jetzt mal angenommen aus Lübeck, das Recht, daß der Zug an seinem Zimmer vorbeigeht, das kann er von einer Metropole wie Köln schon verlangen.
Das heißt, wir müssen dieses Jahr über den Friesenwall.

ROGLER Warum ist der Karneval in Köln zu Hause? Hängt das historisch mit der französischen Besatzung zusammen, oder liegt das mehr an der Mentalität des Rheinländers? Ich frag deshalb, Herr Becker, weil der Außenstehende fragt sich ja immer wieder zu Recht: warum kein Karneval, sagen wir mal in Salzgitter?

BECKER Am St.-Ursula-Kloster, Herr Rogler, das können Sie jetzt nicht wissen – da wo heute die Paketpost nebendran ist – da stand 1822/1823 das Weinhäuschen »An St.-Ursula«. Das war die Gründungsstätte des Kölner Karnevals, und – da haben Sie an sich recht – da müßte normal natürlich der Zug vorbeigehen, aber da müssen Sie Verständnis haben, wegen der neuen Gleise für die IC-Züge, und die S-Bahn ist das heute nicht mehr reell, das ändert aber nichts an der Tatsache, daß damals 1822 der spätere Regierungspräsident Heinrich v. Wittgenstein den folgenschweren Satz gesagt hat:
»Jeder Jeck ist anders!«
Und dadurch wurde der Kölner Karneval nach den mageren Jahren der französischen Besatzung überhaupt erst möglich. Und jetzt nehmen Sie mal zum Vergleich – und da wird's interessant – die Stadt Lübeck:
Erstens hatte Lübeck keine französische Besatzung,

R. Rogler (l), Jürgen Becker
Im Hintergrund: »Köbes Underground«

zweitens liegt Lübeck nicht im Rheinland, und deshalb kann drittens in Lübeck dieser Satz überhaupt nicht gefallen sein. Die Auswirkungen sieht man bis heute: der Lübecker kennt keinen Karneval und ist auch mentalitätsmäßig mit dem Kölner überhaupt nicht zu vergleichen. Der Lübecker ist, wollen wir mal sagen, trockener, um nicht zu sagen nüchterner – er ist, wie es die Jugend ausdrücken würde, er ist ganz anders drauf. Ich mein, ich kenne jetzt keinen Lübecker persönlich.

ROGLER Herr Becker, ist für Sie persönlich der Karneval mehr die Zeit, wo der Mensch die inneren Gesichter, die er in der karnevalslosen Zeit verborgen in sich herumträgt, in Form der Maske nach außen kehrt, wobei der dazugehörige dialektische Vorgang der Demaskierung die Realität mit der Fiktion versöhnt, oder ist es mehr die Gemütlichkeit beim Bier.

BECKER Wenn die Frau nicht mitmacht, Herr Rogler, hat alles keinen Zweck. Nehmen Sie mal den gestrigen Tag. Da war um 11 Uhr Pressekonferenz mit dem Dreigestirn in den Reiterstuben vom Interconti, einem Drei-Sterne-Hotel. Anschließend kleiner Umtrunk, um 12 Uhr 30 hatten wir die Übergabe der neuen Bagagewagen bei Ford in Niehl. 17 Ford-Transit – die neuen Modelle mit der aerodynamischen Frontpartie, der schrägen Scheibe, alle mit Katalysator – um 14 Uhr war Sitzung des Festausschusses wegen der neuen Zugplanung – da wurde es interessant, weil die neuen Transits ermöglichen aufgrund der Katalysatoren eine neue Zugaufstellung. Wir können jetzt ein Bläsercorps beispielsweise direkt hinter einem Bagagewagen marschieren lassen wegen der geringeren Schadstoffbelastung. 16 Uhr Kostümprobe in Ehrenfeld für die Herrensitzung Blau-Gold, um 18 Uhr war ich Schirmherr bei der Seniorensitzung in der Gartenstadt Nord, um 24 Uhr Dämmerschoppen. Herr Rogler, ich kann Ihnen sagen –

ich war um 1 Uhr 30 zu Hause. Also, wenn da die Frau nicht mitmacht, hat alles keinen Zweck.

ROGLER Herr Becker, man hört viel von Nachwuchssorgen...

BECKER Ach, wissen Sie was, Herr Rogler, Sorgen haben wir alle. Sie entschuldigen mich, ich muß wieder. Ich habe in einer Viertelstunde einen Freundschaftsumtrunk mit einer Narrendelegation aus Potsdam – die Jungs kann ich nicht im Trockenen stehen lassen.
Tschö, allerseits!

Zur Lage des deutschen Buchhandels

Auch wer die Frankfurter Buchmesse noch nie besucht hat, kann sich sehr leicht ein Bild von ihr machen. Riesige Hallen, Tausende von Ständen, Zehntausende von Menschen und Hunderttausende von Büchern. Und am Abend dann über die ganze Stadt verstreut Lesungen, Podiumsdiskussionen und Empfänge. Und Festreden, welche dann wiederum Eingang finden werden in die neuen Bücher des kommenden Jahres – wie das auch dieser Vortrag hier getan hat:

Meine sehr verehrten Damen und Herren!
Eigentlich wollte ich diese Festrede gar nicht mit »eigentlich« beginnen. Statt dessen dachte ich zum Beispiel daran, einfach mit »Guten Abend« anzufangen. Oder mit »Helmut Kohl«. Aber dann fragte ich mich andererseits wieder: Was hätte ausgerechnet Helmut Kohl denn überhaupt hier zu suchen? Ausgerechnet hier, auf der 41. Frankfurter Tuchmesse? Nein, meine sehr verehrten Damen und Herren, die Frankfurter Tuchmesse ist kein Ort für schöne Worte und große Gesten. Was hier zählt, ist allein die Leistung, und die bemißt sich in Zahlen, die sehr wohl für sich selber sprechen können: 37 Milliarden DM Umsatz erzielte die gesamte deutsche Textilproduktion allein im Berichtsjahr 1988, an erster Stelle durch das Rohgewebe mit einer Mengenfertigung von 728 Millionen Quadratmetern, durch die Damenkleiderstoffe mit 248 Millionen Quadratmetern an zweiter und die Herrenanzugstoffe schließlich mit 201 Millionen Quadratmetern an dritter Stelle. Und wenn das auch für die Herrenanzugstoffe ein Minus von 5,2 Prozent gegenüber dem Vorjahr bedeutet, so bedeutet es bei den Damenkleiderstoffen doch gleichzeitig ein Plus von 4,4 Prozent – mit einem Wort: die Leistungsstärke des deutschen Tuchhandels ist nicht nur ungebrochen...

Oh.
Verzeihung.
Die Leistungsstärke des deutschen *B*uchhandels.
Die Leistungsstärke des deutschen *B*uchhandels, meine sehr verehrten Damen und Herren, ist nicht nur ungebrochen, sie ist in den vergangenen Jahren sogar noch erheblich gewachsen. Denn all diese Zahlen, die ich... äh... gerade eben genannt habe, kann der deutsche *B*uchhandel – Verzeihung – kann der deutsche Buchhandel ja auch noch in einer Situation aufweisen, die einer gewissen Problematik sicherlich nicht entbehrt. Denn gerade in den letzten Jahren sieht er sich Veränderungen unterworfen, die in diesen gewaltigen Ausmaßen wohl keine andere Branche überhaupt nur überlebt hätte. Verursacht haben diese Veränderungen jedoch nicht die Händler selbst, sondern die Verleger. Werfen wir zum besseren Verständnis deshalb zunächst einmal einen Blick auf *deren* gegenwärtigen Zustand.

Ich weiß nicht, ob Sie in der letzten Zeit mal wieder in einer Buchhandlung waren – wenn ja, dann wird Ihnen gewiß schon bei einer nur oberflächlichen Kontrolle der dort vorrätigen Bücher aufgefallen sein: mindestens 50 % der heute auf dem Markt befindlichen Titel hätten vor 15 Jahren noch als unverlegbar gegolten. Mindestens 50 % der heute auf dem Markt befindlichen Titel wären noch vor 10 Jahren sogar vom Selbstverlag ihrer eigenen Autoren abgelehnt worden.
Was etwa die Hochliteratur angeht, so schütteln wir z. B. wohl derzeit alle den Kopf über das Vorhaben des Haffmans Verlages, im Rahmen seiner an sich verdienstvollen Arno-Schmidt-Edition nun aber auch noch eine dreibändige Gesamtausgabe der hinterlassenen Einkaufszettel des großen Bargfelders ins Programm zu nehmen – eine kritische Gesamtausgabe wohlgemerkt, der es durchaus auch darum zu tun ist, anhand von Notizen wie – ich zitiere –: »8 Eier,

2 Pfund Butter, Zucker, Quark, Zitronen, Vanille« zu erörtern, ob es am 10. 2. 1964 bei Arno Schmidt zu Hause wohl Käsekuchen gab!
Was etwa die Frauenliteratur angeht, so konnte man von Autoren wie Gerhard Zwerenz und Peter Härtling zwar nichts anderes erwarten, als daß sie irgendwann einmal auch dieses Genre unsicher machen würden – daß ihnen der Goldmann Verlag dafür jetzt aber gleich eine ganze Taschenbuchreihe zur Verfügung stellen will, »Männer schreiben Frauenliteratur«, herausgegeben von Rolf Hochhuth, das hat uns dann doch wohl alle ziemlich bestürzt.
Und was schließlich etwa die Sachbücher angeht, so nehmen wir wohl alle nur noch fassungslos »Klaus Jürgen Wussows Großen Klinikführer« vom Kiepenheuer & Witsch Verlag zur Hand, in dem auf mehr als 600 Seiten sämtliche Krankenhäuser Deutschlands, Österreichs und der Schweiz nach einem Ein-bis-fünf-Sternesystem bewertet werden und mit Erläuterungen versehen wie etwa – ich zitiere –: »Besonders empfehlenswert: Lebertransplantation indisch«.
Schon weitaus geringfügigerer Veröffentlichungen wegen wäre doch noch vor zwanzig Jahren jedem Verleger die Lizenz entzogen worden! Doch was geschieht statt dessen? Der Verlag Kiepenheuer schlägt Klaus Jürgen Wussow sogar ungestraft für den Medizin-Nobelpreis vor!

Kurz und gut: Der Zustand unserer Verlage ist äußerst bedenklich. In einem wahren Expansionsrausch haben sie versäumt, sich selber Schranken zu setzen, haben sie vergessen, daß nicht alles, was machbar ist, auch gemacht werden sollte, haben sie verlernt, in ihre Kalkulationen auch die etwaigen Folgen ihres Tuns für Umwelt und Gesellschaft mit einzubeziehen. Für diese Folgen müssen andere geradestehen – nämlich Sie, meine sehr verehrten Damen und Herren vom Buchhandel. Der Buchhandel ist es, der in erster Linie die Last der

Schadensbegrenzung zu tragen hat, dem quasi die Rolle des Katastrophenschutzes zufällt, nachdem durch die Verantwortungslosigkeit anderer die Bücherlawine losgetreten worden ist. Sehen wir uns deshalb als nächstes die dadurch entstandenen Schäden einmal im einzelnen an.
Erstens: Der sprichwörtliche Bücherberg. Durch jahrelange, ungehemmte Überproduktion entstanden, ist er in seinen mittlerweile gigantischen Ausmaßen wohl das Sinnbild für verfehlte Verlagspolitik schlechthin. Genaugenommen ist er schon gar kein einzelner Berg mehr, sondern längst ein ganzes Gebirge. Denn ganz gleich, welchen Themenbereich Sie auch nehmen: Zu jedem einzelnen liegen in der Regel schon genug Titel auf Halde, um aus ihnen allein schon wieder einen Turm von der Höhe eines Himalaya-Riesen aufzustapeln. Ob nun Esoterik und New Age, Toscana-Bildbände oder Helmut-Kohl-Witze – jeder einzelne dieser Türme kostet Sie Jahr für Jahr Millionen an Lagerhaltung. Und ständig kommen neue hinzu – oder kennen Sie z. B. auch nur einen Verlag ohne aktuelle Sondererscheinung zur Deutschen Frage?!
Schuld am Bücherberg trägt zweifelsohne auch das Nobelpreis-Komitee, wenn es Schriftsteller auszeichnet, die bislang nur einer begrenzten Anzahl von Lesern als Geheimtip bekannt waren. Die deutschen Übersetzungen eines Mahfus liegen noch nicht vor, da ist zu befürchten, daß ein noch unbekannterer Kultdichter von den Fidschi-Inseln den begehrten Preis erhält. Wie man auch immer zu Günter Grass stehen mag – für den deutschen Buchhandel wäre es begrüßenswert, endlich ihn auszuzeichnen, um die Lagerbestände räumen zu können.
Zweitens: Qualitätsmängel. Jeder von uns hat es irgendwann schon einmal erlebt: Ein Buch, das beim Kauf noch einen habhaften und schmackhaften Eindruck machte, verliert zu Hause schon beim ersten Anlesen beinahe jegliche Konsistenz. Es erscheint bloß noch aufgeblasen, synthetisch, ge-

haltlos; gleichsam unter den Händen des Lesers entweicht ihm eine Brise heißer Luft, und alles, was übrigbleibt, ist die klägliche, verschrumpelte Hülle eines Versuchsballons, den offensichtlich bereits der Lektor schon ohne jede echte Hoffnung hat steigen lassen. Die Ursache dieser um sich greifenden Qualitätsmängel ist bekannt: sie liegt in der artfremden, industrialisierten Massenhaltung überdies zum großen Teil auch noch überzüchteter und hypersensibler Autoren, die schon beim erstbesten Einfall erhebliche Streßsymptome zeigen, unter denen dann halt auch nichts Besseres zustandekommen kann als eben solche Enttäuschungen.

Drittens: Verarmung der literarischen Vielfalt. Auf der einen Seite werden in rationeller Massenhaltung Zehntausende von gleichsam fabrikgenormten Einheitsautoren herangezüchtet, auf der anderen Seite müssen vor dem dadurch entstehenden Konkurrenzdruck immer häufiger gerade diejenigen kapitulieren, die über Jahrhunderte durch arbeitsintensive persönliche Hege und Pflege auch weniger ertragreicher Autoren unsere traditionelle Kulturlandschaft in all ihrer literarischen Vielfalt überhaupt erst geformt und geprägt haben: die verlegerischen Klein- und Familienbetriebe. In dem Maße, in dem sie von der Bildfläche verschwinden, wird sich das standardisierte Retortenbuch mit all seinen eben beschriebenen Qualitätsmängeln ausbreiten. Danach geht der Trend dann weiter zu ganzen Retortenbuchreihen, die dann Titel tragen wie: »Der neue Mann«, »Die neue Frau« oder »Das neue Wickelkind«. Gerüchteweise ist mir in diesem Zusammenhang jetzt sogar zu Ohren gekommen, daß der Rowohlt Verlag nun gar eine neue Lebenshilfereihe namens »rororo analphabet« plant – ob die angesprochene Zielgruppe damit allerdings etwas wird anzufangen wissen, erscheint mir ausnahmsweise denn doch einmal fraglich.

Viertens und letztens schließlich: Soziale Spannungen. Oft genung rühmen sich die Verlage, durch ihre permissive Programmpolitik zumindest eines erreicht zu haben: Selbst die schlechtesten Autoren seien runter von der Straße, für alles finde sich heutzutage ein Verlag, und niemand könne heutzutage mehr behaupten, seine Bücher würden in irgendeiner Weise unterdrückt – sieht man jetzt einmal von Luise Rinser ab, aber die Frau ist ein Problem für sich. Und tatsächlich scheint es auf den ersten Blick, als ob unsere Verlage damit recht hatten: Zunächst sieht es wirklich so aus, als sei es ihnen gelungen, unsere schreibenden Mitbürgerinnen und Mitbürger ein für allemal zu befrieden. Auf den zweiten Blick jedoch erkennen wir, daß sich gerade in dieser scheinbar befriedeten Bevölkerungsgruppe ein gewaltiges Spannungspotential aufbaut! Der Grund: Immer weniger Autoren geben sich damit zufrieden, gedruckt zu werden – immer mehr wollen von ihren Büchern nun auch noch leben. Und nicht nur das: Gleichzeitig übt die Literatur, je stärker ihre Produktion anschwillt, eine immer stärkere Sogwirkung auf die bislang *nur lesende* Bevölkerung aus. Erst vor wenigen Wochen hat eine Umfrage an 70 baden-württembergischen Gymnasien ergeben, daß nicht weniger als 64% der dort tätigen Lehrerinnen und Lehrer als ihren späteren Berufswunsch Schriftsteller angegeben haben! Mit anderen Worten: Je mehr Bücher erscheinen, desto mehr Leser sagen sich: »So kann ich's auch noch« und verlegen sich selbst aufs Schreiben! Nehmen wir nun hierzu noch die Unmengen an importierter Literatur, die Jahr für Jahr auf den ohnehin schon hoffnungslos überfüllten Markt geworfen werden, so braucht es uns nicht zu wundern, daß es auf der letzten Frankfurter Buchmesse bereits erstmals zu gewalttätigen Protestaktionen gekommen ist – Sie erinnern sich: Eine Meute aufgebrachter deutscher Schriftsteller hinderte mehrere Lastwagen aus Italien an der Einfahrt auf das Messegelände, kippten deren gesamte Fracht – mehrere Tonnen handelsfrische Druckware – in den Straßengraben und verbrannten sie. Die Bücherflut hat also auch eine ebenso bedrohliche Autorenschwemme ausgelöst, wird von dieser wiederum noch einmal vervielfacht – usw. usf.

Ich komme zum Schluß und damit zu der Frage: Was können wir tun? Radikale Lösungen sind zwar vorgeschlagen worden, aber wenig aussichtsreich: So etwa eine staatlich verordnete Produktionsdrosselung und -quotierung nach dem Vorbild der Abkommen für die europäische Stahlindustrie – oder gar ein auf mindestens fünf Jahre befristetes totales Neuerscheinungsverbot, das ja nicht zuletzt auch unseren ebenfalls bedrohlich überhitzten Feuilletons Gelegenheit zur Erholung und zur Abarbeitung alter Rezensionsbestände böte – viel zu viele, zum Teil durchaus renommierte Kritiker sind in den letzten Jahren ja bereits durchgedreht –, bloß: Weder eine Neuerscheinungsquotierung noch gar ein totales Verbot scheinen derzeit politisch durchsetzbar, denn gerade unsere Politiker gehören ja zu den größten Nutznießern der gegenwärtigen Situation. Die Memoiren eines Jürgen Möllemann oder die Romane eines Rainer Barzel etwa wären ja mit Sicherheit die ersten, die von ihren Verlagen zur Disposition gestellt würden. Ganz abgesehen davon, daß es ohnehin an Geld für flankierende soziale Maßnahmen fehlt – denn wie z. B. will man denn unsere Lyriker ohne kostspielige Rehabilitationsprogramme wieder in die Gesellschaft eingliedern?!
Nein, die Hoffnung auf Radikallösungen mit staatlicher Hilfe dürfen wir uns nicht machen, und jeder Versuch, die Bücherflut allein mit eigenen Kräften einzudämmen, wäre vermessen. Was uns bleibt, ist lediglich die intelligente und flexible Anpassung an die leider Gottes nun einmal veränderten Verhältnisse. Sind komplett bestückte Buchkaufhäuser die Lösung? Ich persönlich glaube es nicht, denn versuchen Sie ein-

mal in einer großen Buchhandlung in der 4. Etage, 2. Gang links, hinter der Blumenbuchabteilung, Regal 4/18 unter groß C ›Die Pest‹ von Camus zu finden. Falls Sie nach einer Viertelstunde eine Verkäuferin gesichtet haben, dauert es noch mal 15 Minuten, bis sie zurückkommt und sagt: »Gerade das haben wir heute nicht da! Aber nehmen Sie doch ›Der Ekel‹ von Sartre – das läuft aufs gleiche hinaus!«

Aussichtsreicher erscheint mir da schon der Schritt zur kleinen, aber feinen Buchboutique für gehobene Ansprüche, mit reduziertem, dafür aber exklusivem Angebot, zur Sicherheit vielleicht noch verbunden mit einer integrierten Toto-Lotto-Annahmestelle.

Viele derzeit noch völlig unausgelotete Spezialisierungsrichtungen sind denkbar:

Buchhandlungen für Sondergrößen etwa: »Ich hätte gerne einen Roman mit elfhundert Seiten – haben Sie etwas in der Übergröße?« »Aber sicher, mein Herr, wenn Sie mir bitte nach hinten folgen wollen...«

Buchhandlungen mit ausschließlich handsignierten Büchern: »Ich hätte gerne ›Sein und Zeit‹ signiert von Götz George – haben Sie das da?« »Moment... oh, tut mir leid, von Sascha Hehn hätte ich es vorrätig?«

Die Buchhandlung getarnt als Partnervermittlung: »Ich hätte gern einmal ›Eva Luna‹.« – »Kein Problem, bitte schön, und hier sind die Adressen derjenigen, die das Buch vor Ihnen gekauft haben!« Falls eine Partnerschaft oder gar Ehe zustandekommt, kassiert der Buchhändler mit.

Buchhandlungen mit bequemer Club-Atmosphäre sind denkbar: »So, bitte schön, einmal ›Krieg und Frieden‹ – soll ich's Ihnen einpacken?« »Nein danke, ich lese es gleich hier.«

Buchhandlungen mit besonderem Sicherheitsstandard für Prominente: »So, einmal Goethes ›Faust‹, wünsche viel Spaß bei der Lektüre.« »Und Sie garantieren mir wirklich, daß niemand von diesem Kauf hier erfährt?!« »Ich gebe Ihnen mein Wort, Herr Unseld.«

Meine Damen und Herren – ich danke Ihnen für Ihre Aufmerksamkeit.

Die neue Garage

In einen Hinterhof mit 30 Garagen kommt einer rein. Er hat einen Freund dabei, und den führt er jetzt zu einer dieser Garagen und schließt sie auf. Er macht einen glücklichen und stolzen Eindruck, und er hat auch allen Grund dazu:

»Und, was sagste? Da biste platt, was? – Okay, da muß jetzt natürlich noch jede Menge gemacht werden, ist klar – ne, ne, ne, das reiß ich alles raus! Ist doch furchtbar! In 'ner Garage holzverkleidete Wände, das ist doch nun wirklich so was von daneben! Ne, da würd' ich wahnsinnig werden, wenn ich da jeden Abend reinfahren müßte. Oder? Würdest du in so 'ner nachgemachten Scheune parken wollen? Ich fahr doch keinen Traktor! Ne ne, das reiß ich alles raus, schön Rauhfaser überall hin, Wände und Decke weiß, auf den Boden schöne Marmorplatten, und fertig!
Ne, ich glaub, das war wirklich ein Wahnsinniger, der Vormieter hier! Verstehst': Erst macht er hier alles mit Riesenaufwand voll auf rustikal, Holzverkleidung, 'ne alte Bauerntruhe für die Winterreifen – aber dann immer rückwärts einparken! Da, siehste? Das ganze Holz hier, völlig schwarz vom Auspuff! Und dafür wollte er dann auch noch 3000 Mark Ablöse von mir! Ich hab' zu ihm gesagt: ›Guter Mann, 300 können Sie haben – aber dafür müßten Sie schon Ihre alte Rostlaube gleich noch mit dazustellen!‹
Den Wagen hättest du sehen sollen! Kadett, Baujahr 1974, 120000 km auf dem Tacho – eigentlich gehört so was standrechtlich verschrottet! Aber statt dessen blockieren solche Kutschen jahrelang wertvolle Garagenplätze, während Wagen wie meiner im wahrsten Sinn des Wortes auf der Straße

stehen. Weißt du was? Mit ihren zwanzig Jahre alten Mietverträgen haben die hier zum Teil weniger im Monat gezahlt als ich an einem Tag allein für Strafzettel!
Ne ne! Die müssen alle raus demnächst! Sind alle schon gekündigt! Nebenan zum Beispiel kommt ein Porsche rein, von so'm Psychoanalytiker, der hat seine Praxis übrigens gleich bei mir um die Ecke, in der Alteburger Straße... – ne, also so ist es nicht, das hat die Vermieterin ganz ausdrücklich gesagt, daß sie die Garagen hier jetzt also von den Mietern her etwas aufwerten will.
Was? Ich jetzt? 650 Mark – warm allerdings! Okay, das ist natürlich schon ein Betrag – aber was zahlst du für deinen Tiefgaragenstellplatz? – Na bitte, also! Und du hast noch nicht mal 'ne Solobox! – Du, ich mein', theoretisch hätt' mir so was auch gereicht, aber es gibt hier halt keine Parkhäuser in der Gegend!
Ne, wieso?! Von hier aus?! Höchstens zehn Minuten! – In zehn Minuten bin ich in meiner Wohnung von hier aus! Und da geh ich ganz gemütlich! Da kann man nix sagen! Und außerdem hab' ich für den Preis dann halt auch ein bißchen was Repräsentatives, wenn's erst mal fertig ist.
Okay, für die, die jetzt hier raus müssen, ist's natürlich auch Scheiße. Verstehst', das sind Leute, die sind hier im Viertel groß geworden, die haben schon ihre ersten Fahrstunden hier gemacht – und jetzt kommen plötzlich Leute wie ich und nehmen ihnen nach und nach sämtliche Parkplätze weg. Verstehst': Keine Garage mehr, jeden Abend nach der Arbeit erst mal 'ne Dreiviertelstunde um den Block kurven müssen, und am nächsten Morgen dann trotzdem wieder 'nen Strafzettel über 20 Mark – ich kann das verstehen, daß die da langsam verbittert sind. Mich wundert das überhaupt nicht, daß da immer mehr die Republikaner wählen, bei der Parkplatznot – aber, mein Gott, das ist doch nicht meine Schuld! Ich bin doch kein Politiker?! Sollen sie doch einen Sozialgaragenbau

hier irgendwo hinstellen! Bitte! Hätt' ich überhaupt nichts dagegen! Ich find', in so einem Viertel wie diesem gehören ein paar Kleineleutewagen einfach mit zum Straßenbild. Allein schon fürs Lokalkolorit.
Mein Gott, ich sag dir, das waren vielleicht Szenen hier beim Besichtigungstermin! Verstehst', 9 Uhr morgens, der ganze Hof schon voller Leute, also 70, 80 mindestens, und hier in der Garage sitzt die Vermieterin an 'nem Campingtisch, so'n dickes altes Schlachtschiff, Wasser in den Beinen, und läßt jetzt wirklich jeden Interessenten einzeln eintreten und sich vorstellen. »Was haben Sie für einen Wagen? Wie alt ist er? Haben Sie den neu gekauft oder gebraucht? Wie lang hat er noch TÜV?«
Ich hab' als erstes gleich mal folgenden Trick gemacht – ein bißchen was lernt man ja dazu mit der Zeit – ich hab' ganz laut gerufen: »Draußen auf der Straße schleppt die Polizei die Autos ab!« War schon mal gleich die Hälfte wieder weg. Trotzdem hat's dann noch anderthalb Stunden gedauert, bis ich dann dran war. Vor mir war ein Rechtsanwalt mit 'nem dreihunderter Diesel, der hat also wirklich gebettelt und gefleht, aber die Vermieterin hat gesagt, ne, mit Dieseln hat sie so schlechte Erfahrungen, an Diesel vermietet sie nicht mehr. Warum sie sich am Ende ausgerechnet mich ausgesucht hat, weiß ich wirklich nicht – okay, ich hab' natürlich gleich am Anfang ihrem Schwiegersohn erst mal 'nen Umschlag mit zwei Braunen drin rübergeschoben – aber trotzdem! Verstehst': Da war ja nicht nur dieser eine Rechtsanwalt, da waren mindestens ein Dutzend Ärzte, Dozenten, Unternehmensberater – was du willst! Die meisten kannte ich auch schon von früheren Besichtigungsterminen her – sind ja immer wieder dieselben, die auftauchen. Mit einer Frau hab' ich mich auf die Art sogar richtig ein bißchen angefreundet im Laufe der Monate – typischer Fall übrigens: vor 'nem halben Jahr geschieden, Mann Architekt, sie hat die Kinder gekriegt

und er den Tiefgaragenstellplatz. Eine Zeitlang hatten wir uns sogar überlegt, ob wir uns nicht so einen Doppelparkplatz zusammen nehmen sollten, sie hatte da so was an der Hand, auf einem Firmengelände – 1400 Mark, für einen allein wär's zu teuer gewesen – aber wir haben uns dann doch beide gesagt, daß das dann vielleicht doch noch zu früh gewesen wäre für uns beide, ich mein', zu dem Zeitpunkt kannten wir uns ja gerade erst ein paar Wochen. Okay, der Kontakt ist zwar jetzt immer noch da zwischen uns, aber trotzdem glaub' ich – Ey! Moment mal! Was kommen denn da für Gestalten in den Hof?! Was machen die da? Kannst du das erkennen?! Das kann doch gar nicht sein! Die Garage da hinten ist doch noch gar nicht neu vermietet?! Ist das ein 2 CV!! Die können doch mit einem 2 CV nicht einfach in eine Garage reinfahren, die ihnen gar nicht gehört! – Ist das ein Transparent? Um Gottes willen! Was haben die denn da für ein Transparent?!! – ›Diese Garage ist besetzt!‹ – Um Gottes willen! Garagenbesetzer?! Gibt's das jetzt auch schon?! – Garagenbesetzer! Was machen wir denn jetzt bloß? Wir müssen die Polizei holen! Wir müssen sofort die Polizei holen! Los, komm! Schnell!«

Die Entwicklungshilfe
(nach K. Valentin: Die Geldentwertung)

Die Stadt Selb im Fichtelgebirge ist erst seit der Öffnung der Grenze zur DDR für viele Bundesbürger ein Begriff geworden. Bis dahin wußten nur ein paar wenige, daß in dieser Kleinstadt Porzellan hergestellt wird oder daß der Kabarettist Richard Rogler dort geboren ist. Aus Selb stammt aber auch unser langjähriger Entwicklungshilfeminister Dr. Jürgen Warnke. Dieser hat keinen leichten Stand in der Bevölkerung, weil viele glauben, daß er unser Geld den Negern zum Verprassen gibt – andere werfen ihm vor, daß die Entwicklungshilfe ein Instrument der Hilfe zur Selbsthilfe ist – also wir helfen uns selbst, indem wir immerhin aus jeder Entwicklungshilfe-Mark derer fünf gemacht haben. Aber lassen wir ihn vielleicht einmal selbst zu Wort kommen mit einer Grundsatzrede aus dem Jahr 1989.

Die Worte meiner Vorredner, ich möchte es unterlassen, mich hierzu zu Worte zu melden, da ich betrunken sei, ist nicht wichtig. – Ich bin – das verneine ich nicht – nicht betrunken – sondern, ich gebe zu – etwas angeheitert. Aber welch ernsthafter Mensch kann bestreiten, daß ein heiterer, vielmehr angeheiterter Mensch nicht auch ernste Angelegenheiten zu debattieren imstande sein kann – im Gegenzug – wie viele Redner waren schon nüchtern und haben einen furchtbaren Papp zusammengepappt – vielmehr gepappelt.
Zu meinem heutigen Thema über die Entwicklungshilfe – oder Aus- oder Einwicklungshilfe, möchte ich zunächst die Feststellung konstatieren, daß es sich hierbei um ein rein in der Entwicklung befindliches Thema handelt. Es ist ein schmieriges – Verzeihung – schwieriges Problem von eingreifender- ah, Verzeihung – von ergreifender Bedeutung. Die Hilfe hat mit einer Entwicklung nichts gemein – gemein wäre das, wenn die Aus- oder Einwicklung einer Hilfe gleichkäme – dann, und das müssen wir wissen, meine sehr verehrten … –

dann ist eine Blockade unausweichlich. Eine Auflocherung, vielmehr eine Auflockerung unserer Entwicklungshilfe wird nur dann konfisziert, oder besser gesagt kompliziert, wenn das kubanische Ausland keine Kompromißemanzipationen entgegennimmt. Die Wende in Nigeriacagua kann nur eingeleitet oder anders ausgedrückt, angeleitet bzw. durchgedrückt werden, wenn wir dieses Land gleichstellen mit unserem starken Salvator. Keinen Entwicklungshelfer in Kriegsgebiete! lautet unser gründlichster Satz – deshalb muß der Friede in Nicagua aufhören, weil wir den Rückzug unserer Einwicklungshelfer nicht abwickeln können, solange ihr Leben nicht gepfändet bzw. gefährdet ist. Die Forderung nach der 15-Stunden-Woche für potente oder potentielle Zersetzungshelfer soll die Einführung des Krieges in Nicakongo flankierend abflacken. Unsere Entwicklungshilfe stinkt – ah, sinkt in dem Moment, wenn wir... jetzt weiß ich nicht mehr, was ich hätte sagen sollen... aber ich glaube, unsere amerikanischen Freunde denken da genauso.
Wer kann denn heute noch was bezahlen, ohne etwas daran zu verdienen? Einer ist keiner. Und warum nicht? Ganz einfach. Weil die Kassen leer sind. Und warum sind die Kassen leer? Weil wir kein Geld mehr haben. Und wir haben keins mehr, weil wir das ganze Geld gespart haben. Die Ursache – das Volk wird ärmer, allen voran die Armen, weil wir vorher zu viel Geld ausgegeben haben. Jeder wollte doch mehr Geld, mehr Geld, immer mehr Geld haben, nach dem wahren Sprichwort: was kostet die Welt? Und heute ist es zu spät für das Geld, bitte? Nein, nein – völlig falsch deduziert oder in diesem Fall denunziert, heute... heute ist es doch nicht einmal mehr möglich, als Behinderter zum Nulltarif mit der Straßenbahn zu fahren, weil kaum noch jemand als Behinderter gilt. Der Behinderte ist zum Normalfall geworden. Und vor dieser geistigen Entwicklung habe ich stets gewarnkt bzw. gewarnkelt.

Daher muß die Parole heute wie je wieder lauten: entwickeln, helfen und verdienen, aber das Schießen nicht lassen – bitte? Das hat doch damit überhaupt nichts zu tun – natürlich ist das logistisch. Wo sollen wir denn die Waffen sonst hinliefern, wenn nicht in Krisengebiete? Es wird doch auch geschossen, ohne daß wir daran verdienen.
Die Devise lautet: raus mit den Waffen, raus mit den Waffen, wir müssen sie doch nur verpacken, sie liegen doch überall herum, wir verpacken sie, sie liegen überall herum, und wir packen es an – raus mit den Waffen – wir brauchen kein Entwicklungsgeld – oder schafft das Geld gleich ganz ab und damit zugleich die Kriege – denn Geld regiert die Welt, das weiß doch jedes junge Kind. Entwicklung kostet Geld und Geld ist ein Kapitel für sich und Kapital ist die Ursache jedes Krieges, – also nieder mit dem Kapital – es lebe der Krieg – äh – nieder mit dem Krieg! Nieder mit dem Krieg – es lebe das Kapitel – nieder mit der Entwicklung – es lebe die Einwicklung – nieder mit den Sandinos – es leben die Kommuninos – nieder mit den Kinos – es leben die Kapitalinos – nieder mit den Lebendigen – es leben die Toten – nieder mit den Hohen – es leben die Niedrigen – nieder mit den Niedrigen – es leben die ganz Niederen – nieder mit dem Verstand – es lebe die deutsch-amerikanische Freundschaft.

Deutsch-Deutscher Austausch

Wie schnell doch die Zeit vergeht und mit ihr viele Kabarett-Texte.
Mai 1986. Tschernobyl war gerade explodiert. In Köln gastiert das Staatsschauspiel Dresden. Der Schauspielerkollege Hans-Joachim Krietsch meint, wir vom Kölner Ensemble müßten für die Schauspielerfreunde aus der DDR eine kleine Aufführung darbringen: ein paar Lieder könnten gesungen werden – Rogler soll die Conférencen übernehmen. Stattfinden soll das Ganze nach der letzten Aufführung von Heiner Kipphardts »Bruder Eichmann« während der anschließenden Feier mit Speis und Trank. Gesagt, und – im wahrsten Sinne des Wortes – vertan!
Es ist ca. 23 Uhr. Der Raum ist voll mit Honoratioren und Funktionären. Als letzte kommen die Künstler. Jeder knallt sich seinen Teller voll. Viel Zeit bleibt nicht. Ein Stasi-Betreuer mit Schweinslederjacke rast durch den Raum und verteilt bereits die Künstler auf die einzelnen Busse für die Abfahrt ins Sportlerheim Müngersdorfer Straße, dem Übernachtungsquartier. Da tritt Rogler ans Mikrophon. Es sollte sein furchtbarster Auftritt werden. Paralysiert sitzt das Publikum da. Niemand lacht, niemand heult, niemand macht einen Zwischenruf, niemand applaudiert… war dies das große realexistierende Nichts? Nach drei Minuten verläßt der Botschafter der DDR den Saal. Der damalige Intendant Klaus Pierwoß wird am nächsten Tag nach Bonn zitiert. Was war eigentlich passiert?

»Liebe Gäste aus der Deutschen Demokratischen Republik,
liebe Einheimische!

Ich nehme an, daß Sie, liebe Freunde aus Dresden, schon genug begrüßt worden sind, und da anzunehmen ist, daß die Verabschiedung noch einmal genauso lang dauern wird, sollten wir vielleicht die Zeit zwischen den Reden nutzen, um kurz ein paar Inhalte auszutauschen.
Sicher haben Sie schon gehört, daß die erste Strophe des Deutschland-Liedes umgedichtet werden soll in: Austausch, Austausch, über alles!

Dabei unterscheiden wir zwischen dem Warenaustausch, dem Gedankenaustausch, dem Müllaustausch, dem Partnertausch. Was allerdings zählt, ist der Mensch und nur der Mensch, aber verbessern Sie mich bitte, wenn ich was Falsches sage...

(Keine Reaktion)

Das ist nicht der Fall, dann erlauben Sie mir, daß ich kurz die Chronologie des menschlichen Austausches streife. Den Anfang machten die Sportler. Jeder erinnert sich noch mit Tränen in den Augen, als Anfang der siebziger Jahre die DDR-Muskelpakete unsere bundesdeutschen Sportler, selbst in deren eigenen Stadien, zu Statisten degradierten – und sie tun es noch heute. Warum die Sportler den Anfang des Menschenaustausches machten, ist klar: deren Gehirn steht in einem ganz bestimmten Mißverhältnis zur sonstigen körperlichen Verfassung, und falls einer doch mal was sagen sollte, mehr als ein Uuuuuaaahhhh!! etwa beim Kugelstoßen, kommt nicht dabei raus, und auch ein Kraulschwimmer hat während des Luftholens wenig Zeit für einen zusammenhängenden Satz.

Ich möchte diese Phase des Austausches zusammenfassen unter dem Motto: stellvertretend für den Werktätigen, für den Kumpel Anton, reiste damals Gaby Seiffert.

Nach den Sportlern kamen die Politiker, wobei der ungefährlichste Kontakt der mit der linken SPD-Spitze war, außerdem konnte man diese Reisen als Heimatbesuche deklarieren, weil glücklicherweise der angeblich Linkeste in der SPD zufällig Saarländer ist.

Für den Werktätigen, für den Kumpel Anton, reiste nun Horst Sindermann.

Und nun kommen also die Künstler – offiziell. Dafür eignen sich besonders die Theaterleute. Die Texte, die sie sprechen, sind weitgehend bekannt, vom Text abweichen geht nicht und gilt nicht – warum auch? Heiner Kipphardt hat ja einen guten Text vorgegeben. Stellvertretend für den Werktätigen,

für den Kumpel Anton, reist nun der Staatsschauspieler Hans-Peter Minetti. Für uns wird die Invasionswelle der DDR-Crème allerdings langsam gefährlich. Die Sportler sind besser, Honecker ist schon bald beliebter als Helmut Kohl*, die Schauspieler haben mehr Erfolg – zumindest spielen sie bei uns vor vollen Häusern. Wenn sich die bundesdeutsche Sinnlosigkeit fortsetzt, wird unsere Regierung den DDR-Bürgern langsam die Einreise verbieten müssen.
Ich persönlich bin allerdings für den totalen Austausch. Z. B. könnte man doch für ein Jahr einmal die kompletten Regierungen austauschen. Sie in der DDR könnten endlich mal die echte CDU wählen, und wir hätten endlich mal eine echte Alternative zur SPD. Natürlich geht das nicht von heute auf morgen. Aber wie wäre es denn, wenn Sie als kleinen Anfang Helmut Kohl bei Ihrer Rückreise mitnehmen würden, stellen Sie ihn am Hermsdorfer Kreuz neben das NUTELLA in den Intershop – wer weiß, vielleicht geht er ja weg.
Der Austausch wird natürlich nur perfekt, wenn der sog. einfache Bürger reisen darf. Warum haben Sie nicht ein paar Vertreter der Initiative »Schwerter zu Pflugscharen« mitgebracht? Darin liegt unsere gemeinsame deutsch-deutsche Zukunft, und nicht in der Parole, die in einem Hallenbad in Eisenhüttenstadt hängt und lautet:
»Heute besiegen wir uns selbst – morgen unsere Gegner!«
Lassen Sie mich zum Schluß ein anderes Wort dagegenstellen.
Es stammt vom Kollegen Erich Fried und lautet:
»Diejenigen, die uns immer vorleben, wie einfach das Sterben ist – wenn sie uns vorsterben würden – wie einfach wäre das Leben!«
»Ich danke Ihnen!«

* Wie sich die Zeiten ändern!

Wählen gehen!

Herbst 1989. Die bundesdeutschen Wahlberechtigten befinden sich mitten im Wahlmarathon, der in der Bundestagswahl im November 1990 seinen Höhepunkt erreichen wird. Bis dahin sind insgesamt neun Wahlen durchzustehen. Was niemand erwarten konnte: schon nach der dritten Wahl zeigt der mündige Bürger Ermüdungserscheinungen. Das veranlaßt den Bundeswahlleiter zu einem dramatischen Appell:

Liebe Mitbürgerinnen und Mitbürger!

Hier spricht Ihr Bundeswahlleiter. Ich möchte Sie bitten – und tun Sie mir und Ihnen doch bitte den Gefallen: Gehen Sie wählen, auch wenn es schwerfällt. Ich habe durchaus Verständnis dafür, wenn viele am Wochenende was Besseres vorhaben, als zur Urne zu gehen – aber die Demokratie hat halt auch ihre Schattenseiten, und unsere Demokratie ist noch zu jung, als daß wir die Wahlen abschaffen könnten. Auch im Ausland macht es einen schlechten Eindruck, wenn unsere Wahlbeteiligung unter die Einschaltquote von »Wetten daß« sinkt – so etwas wie bei der Europawahl darf nicht mehr passieren: mit 55 Prozent erreichten wir einen enttäuschenden drittletzten Platz! Und eines kommt noch hinzu: Im Osten machen unsere Brüder und Schwestern gerade mal die ersten Gehversuche auf dem Wahlparkett, und wenn wir denen signalisieren, daß wir schon keine Lust mehr dazu haben, dann macht das keine gute Laune, da kommt bei denen keine Stimmung auf!
Sicher, ich habe Verständnis für Ihre Wahlenthaltsamkeit. Ihnen geht es bei der Wahl wie beim Kauf eines neuen Autos – wenn, dann möchten Sie auch das neueste Modell haben, das es momentan auf dem Markt gibt, und da sehen unsere Par-

teien im Moment etwas alt aus. Es ist kein Geheimnis: für Helmut Kohl gibt es keine Ersatzteile mehr, er ist, wie man so sagt, das klassische Auslaufmodell. Aber die CDU überlegt ja derzeit, ob man ihn nicht noch für zwei Jahre nach Österreich ausleiht – er steht ja bereits mit Todenhöfer und Dregger auf der Transferliste –, die Ablösesumme ist relativ niedrig, so daß er weggehen müßte, und ich glaube, eine runderneuerte CDU hätte dann bei Ihnen auch wieder mehr Marktchancen. Außerdem hat die CDU aus ihren Wahlniederlagen gelernt: Sie will bei den nächsten Wahlen bereits mit einer zweiten Liste antreten, unter der Führung von Heiner Geißler, Rita Süßmuth und Lothar Späth, die neue Liste soll die Bezeichnung haben: CDU –LIGHT, für alle, die es nicht gern ganz so scharf haben.
Allerdings haben die sog. REPS sofort nachgezogen. Sie wollen mit der Liste REP – DU DARFST dagegenhalten, was die SPD unter Zugzwang brachte. Auf dem Berliner Parteitag im Dezember will man ebenfalls eine zweite Liste bekanntgeben. Vorläufige Arbeitsbezeichnung: SPD – ALKOHOLFREI.
Zur Lage der SPD an sich.
Die Sozialdemokraten tapezieren im Moment alles ganz neu. Der »VORWÄRTS« ist ja schon längst abgeschafft, das neue Parteiprogramm, das das von Godesberg ersetzen soll, liegt inhaltlich soweit bereits fertig in der Schublade – die Illustrierte QUICK will ja in der nächsten Ausgabe mit dem Vorabdruck beginnen, nur ist das Programm halt, wie immer bei der SPD, sprachlich noch unter aller Sau, aber Prof. Walter Jens aus Tübingen will sich sofort an die sprachliche Überarbeitung setzen, wenn er den Besinnungsaufsatz für Oskar Lafontaine fertig hat, mit der Überschrift: SONNTAGSARBEIT – JETZT ODER NIE! als unterstützende Maßnahme zu Lafontaines Äußerung, die Deutschen werden noch froh sein, wenn sie am Sonntag arbeiten dürften, worauf ihm ja die FDP vorgeworfen hat, er hätte bei ihnen abgeschrieben.
Stichwort FDP.

Die FDP ist, wider allen anderen Behauptungen, nach wie vor als Partei existent, auch wenn sie in manchen Parlamenten nicht vertreten ist. Was seinerzeit in Berlin passiert ist, war ein klarer Fehler in der Wahlwerbung. Sie erinnern sich: die FDP trat bei der neunundachtziger Wahl zum Senat mit einem Wahlplakat an, auf dem nur stand: ER BRAUCHT UNS. Jetzt wußte natürlich niemand, wer mit ER gemeint war, außer ein paar Insidern. Denen war klar, damit war Eberhard Diepgen gemeint, auf dessen Wahlplakat aber wieder stand: IHN BRAUCHT BERLIN. Nun dachten die Wähler, das hat alles mit einer Wahl nichts zu tun, hierbei handelt es sich um eine großangelegte Kontaktanzeigenkampagne – und haben sich rausgehalten.
Ich kann Ihnen aber versichern: die FDP ist nach wie vor in jedem besseren Wahllokal erhältlich.
Und deshalb sollten Sie nicht auf diesen durch die Waffen-SS geläuterten Schlachtersohn aus Bayern hereinfallen, nur weil dieser Ihnen momentan ein paar faschistische Extras ohne Aufpreis mitliefert. Dieses Modell hat keine Zukunft. Wenn Sie genau hinschauen, der fährt immer noch mit dem Vergaser aus dem Jahr 1943, und damit dieser Oldtimer wieder vom Markt verschwindet, brauchen wir auch die Mithilfe unserer ausländischen Mitbürger. Ich bin für das Kommunalwahlrecht für Ausländer, ich bin sogar für die Wahlpflicht. Schon aus dem einfachen Grund:
Als kein Deutscher mehr die Dreckarbeit machen wollte, waren wir froh, als der Italiener, der Grieche, der Spanier und der Türke kamen, und für 1400 Mark monatlich den Müll wegschafften – und wir werden in ein paar Jahren noch froh sein, wenn der Ausländer für uns am Sonntag zur Wahl geht, und uns dadurch unsere Demokratie erhält. Ich danke Ihnen für Ihre Aufmerksamkeit!

Woran wir glauben, Teil 2

Um aber noch einmal auf die merkwürdigen Ereignisse von Seite 11ff. zurückzukommen:

Also, jetzt mal ernsthaft, ich verstehe das wirklich nicht mit der Frau Uta Ranke-Heinemann.
Wie gesagt, vor zig Jahren extra vom evangelischen zum katholischen Glauben konvertiert, unter was weiß ich nicht für einem Getöse, und jetzt auf einmal der große Katzenjammer. Auf einmal dieses ständige Rumgenörgel an allem, woran nun gerade dem Katholizismus speziell gelegen ist.
Sie ist ja nicht nur gegen die Jungfrauengeburt, sondern auch noch gegen Zölibat, Ausschluß der Frau vom Seelsorgerdienst und was weiß ich nicht sonst noch alles.
Mit anderen Worten – die Frau ist in einer für ihre persönlichen Bedürfnisse völlig ungeeigneten Religion gelandet.
Aber so kann man sich eben irren in der Glaubenswahl. Da nützt es eben gar nichts, wenn man Abitur hat oder selbst wenn der Vater Bundespräsident ist – man kann einfach furchtbar reinrasseln.
Ich meine, Glaubensfreiheit schön und gut, wir alle sind für religiöse Freizügigkeit, für Toleranz auch gegenüber ganz ausgefallenen kirchlichen Praktiken – Sie können bei uns heute schon mit Minderjährigen beten, kein Mensch regt sich heute mehr über Kindergottesdienste auf –, aber angesichts von mittlerweile über 2000 verschiedenen Glaubensrichtungen, zwischen denen der Suchende wählen kann, braucht er irgendwelche Entscheidungshilfen.
Denn wenn man erst einmal in der falschen Religion drin ist, ist es auch nicht so einfach, wieder herauszukommen. Gut,

man könnte theoretisch sagen: ich trete morgen wieder aus! Aber das ist eine enorme psychische Belastung – man kann die Bekenntnisse nicht wechseln wie das Hemd. Soll ja was für die Ewigkeit sein.
Und da ist es doch absurd, wenn der heutige Verbraucher, selbst wenn er nur eine Zahnpasta kaufen will, in kürzester Zeit von der Stiftung Warentest erfahren kann, welche von ca. 600 auf dem Markt befindlichen Pasten die für ihn persönlich geeignete ist, aber ausgerechnet beim Wichtigsten, wenn es ums ewige Leben geht, wird er alleingelassen.
Warum ist die Stiftung Warentest nicht schon längst hingegangen und hat wenigstens mal die zehn wichtigsten Weltreligionen auf ihr Preis-Leistungs-Verhältnis hin durchgecheckt? Wie ist die Paradiesqualität bei den Katholiken, bei den Protestanten, bei den Mohammedanern usw., was wird da geboten, wo vor allem liegen die Unterschiede, wie gut ist der Service im Diesseits, was für Wallfahrtsorte sind im Angebot, auf wie viele Einwohner kommen wie viele Seelsorger, wie hoch ist das Verdammnisrisiko bei Gebotsverletzungen, kann man gegen eine ewige Verdammnis unter Umständen noch Rechtsmittel einlegen, und wenn ja, welche? Ich meine, da sind doch gewaltige Unterschiede: die einen haben ein Fegefeuer, die anderen nicht!
Vielleicht muß jetzt die gute Uta Ranke-Heinemann, nur weil sie jetzt irrtümlich bei den Katholiken gelandet ist, für ihr Genörgel und Gemecker nach ihrem Tod erst mal 2000 Jahre auf den Rost, wohingegen sie bei den Protestanten mit genau denselben Ansichten ohne Wartezeit auf der Prominentenwolke einquartiert würde!
Gut, sie hat jetzt den momentanen Vorteil, als Katholikin hier im Diesseits öfter in eine Talkshow zu kommen, aber mehr ist schon nicht mehr drin.
Ihr Übertritt zum Katholizismus hätte letztlich nur dann einen Sinn gehabt, wenn sie sich vorher hätte geschlechtsum-

wandeln lassen, dann hätte sie wenigstens noch Nachfolger von Kardinal Höffner in Köln werden können.
Aber das Beste wäre es gewesen, erst mal gar nicht zum Katholizismus, sondern zum Buddhismus überzutreten, dort als Mann wiedergeboren zu werden, danach erst in die katholische Kirche einzutreten, dort Papst zu werden und als dieser dann endlich das Dogma von der unbefleckten Empfängnis aufzuheben.
Ich meine, um die Karriere von Frau Ranke-Heinemann müssen wir uns im Grunde keine Sorgen machen – die kommt schon irgendwie durch. Aber was ist mit unseren Brüdern und Schwestern aus dem Osten, an denen 40 Jahre lang der Kelch vorüberging. Wer hält sie davon ab, haufenweise wie belämmert zur kirchlichen Schafherde überzulaufen? Reichen die wenigen Aufklärer aus gegen die massive Werbung der Kirchen? Das Schlimmste ist zu befürchten. Einen Tag nach Öffnung der Mauer hing am Kölner Dom bereits ein Transparent mit der Aufschrift: »Hier kostenloses Abendmahl incl. ein Glas Wein als Begrüßungstrunk!« Das Angebot klingt zunächst verlockend. Aber die Rechnung kommt bestimmt. Und die Enttäuschung wird groß sein, wenn unsere Brüder und Schwestern am Jahresende die Kirchensteuerabrechnung studieren: für das Geld hätten sie sich im 4-Sterne-Restaurant einige Male besaufen können.

Letzte Meldung (14.9.1989)

DÜSSELDORF. Die nordrheinwestfälischen Kommunalwahlen am 1. Oktober werden möglicherweise nun doch ohne die Christlich Demokratische Union stattfinden müssen. Nachdem auf dem gestern in Bremen zu Ende gegangenen CDU-Bundesparteitag bekanntgeworden war, daß die Verbindlichkeiten der Union mittlerweile eine Höhe von 75 Millionen DM erreicht haben, hat der Landeswahlleiter in Düsseldorf der Partei heute abend die Lizenz entzogen. Ein ihm von Schatzmeister Leisler Kiep vorgelegtes Sanierungskonzept, das unter anderem den Verkauf der Konrad Adenauer Stiftung, die Schließung von 150 Parteibüros und die Entlassung von immerhin 18000 Parteimitgliedern vorsah, wurde abgelehnt.

Harte Arbeit

Im Namen des Volkes, Teil 1

Die immer größere Prozeßfreudigkeit der Deutschen zwingt auch die Richter zur Akkordarbeit. Nun ist gegen ein zügiges Verfahren nichts zu sagen – wichtig ist, daß jeder zu seinem Recht kommt.

Ein Richter betritt den Gerichtssaal.
So, die Zeit läuft. Herr Wachtmeister, machen Sie das Fenster zu! Sie da hinten in der 3. Reihe, nehmen Sie den Kaugummi aus dem Mund, und Sie hier vorne, Sie ziehen sich das nächste Mal einen BH an – wir sind doch nicht im Varieté!
Erster Fall! Äh, Moment, Herr Wachtmeister, rufen Sie mal in der Kantine an, welches Stammessen angeboten wird, falls es Rouladen gibt, einmal für mich, aber mit zwei Klößen...
So! Also, erster Fall...
Herr Anwalt! Darf ich erst mal das Verfahren eröffnen? Was wollen Sie denn sagen, ich habe doch selbst noch nichts gesagt! Erster Fall: Pfister... Herr Anwalt! Wenn Sie was wollen, dann stellen Sie einen Antrag! Erster Fall: Pfister... Herr Anwalt!! Nun passen Sie mal gut auf! Wir können gemeinsam singen, aber nicht gemeinsam reden! Haben wir uns da verstanden?! Nein, ich lasse jetzt weder einen Antrag noch eine Frage zu! Hätten Sie ein besseres Examen gemacht, dann würden Sie hier oben sitzen und nicht so blöd da unten rumstehen!
So, erster Fall: Pfister...
Herr Pfister, ich bin wie Sie ein Gegner jeglicher Gleichmacherei, es gibt allerdings gewisse Regeln, an die müssen wir uns alle halten – wobei die einfachsten die Verkehrsregeln sind:
bei Rot halten wir unser Fahrzeug vor der weißen Linie an,

bei Gelb bereiten wir uns auf die neue Verkehrssituation vor, es beginnt das Spiel von Gas und Kupplung, wir legen den Gang ein, und bei Grün fahren wir dem Verkehr angemessen weiter... Herr Rechtsanwalt! Sie sind gleich dran! Herr Pfister, wir wollen die Sache kurz machen, ich stelle Ihnen eine einfache Frage: wie heißt die Farbe, bei der wir im Straßenverkehr anhalten müssen... Herr Pfister? Die Farbe hat drei Buchstaben... Pfister... Pfister... Herr Rechtsanwalt... Bitte? Ihr Mandant ist gar nicht da!? Herr Rechtsanwalt! Das müssen Sie mir doch vorher sagen, ach was, Sie wollten, Sie wollten, da müssen Sie sich durchsetzen! Herr Wachtmeister, wir ziehen den nächsten Fall vor... suchen Sie in der Zwischenzeit Ihren Mandanten, ich gebe Ihnen zehn Minuten... so, der nächste... *blättert in den Akten*
Müller! *sieht ihn*
Müller! So sehen Sie also aus. Aha, Sie haben auch einen Rechtsanwalt dabei? Sie wissen ja, Müller, wer sich verteidigt, klagt sich an... Ja, ja, Herr Rechtsanwalt, ich weiß Bescheid, Ihr Mandant ist Sozialhilfeempfänger... Was bekommt man denn so, wenn man sich in der Sonne der Sozialhilfe sonnt, Müller? 416 Mark, na und, ist doch besser, als in die hohle Hand geschissen, ich muß auch sehen, wie ich mit meinen 7000 Mark zu Rande komme, und ich habe wesentlich höhere Ausgaben als Sie, aber Sie halten natürlich nichts vom Sparen, der Schotter wird rausgefeuert, und wenn nichts mehr im Geldbeutel ist, dann sagen Sie sich: mal sehen, wie der ›Kaufhof‹ mein Problem löst? Schon stehen Sie auf der Rolltreppe zur Lebensmittelabteilung, zur Tarnung wird ein Einkaufswagen mitgenommen, und dann rein ins volle Vergnügen! Die Weinabteilung lassen Sie heute links liegen, da ist Ihre Spezialmarke noch nicht wieder nachgefüllt, Fisch haben Sie auch noch zu Hause, und plötzlich stehen Sie, ob Sie wollen oder nicht, an der großen Tiefkühltheke, und nun überschlagen sich die Ereignisse: das erste Hähnchen wandert un-

ter die Jacke, das zweite folgt sogleich, da lacht Sie von vorne ein drittes an, das soll auch nicht länger in der Kälte liegen bleiben, schnurstracks geht's zur Kasse, zur Tarnung wird ein Kaugummi für 50 Pfennig mitgenommen, die Rolltreppe rauf, Sie haben es eilig, zu Hause ist der Römertopf schon gewässert, zack! Flasche Wein entkorkt, Rollos runter und dann spachtel, spachtel...!

sieht eine Dame

Bitte, was ist mit Ihnen, wenn Sie noch einen Augenblick warten, bitte? Frau v. Dönitz? Ob wir vorziehen können? Selbstverständlich, gnädige Frau, Müller, gehen Sie mal zur Seite, Herr Rechtsanwalt, nehmen Sie Ihren Mandanten mit. Müller! Überlegen Sie sich Ihr Geständnis! So, bitte gnädige Frau, Herr Wachtmeister, haben Sie mal die Akte von Frau v. Dönitz, ich bin im Augenblick nicht ganz... doch, jetzt fällt es mir ein, ja ja, ich habe die Story gestern vor dem Zubettgehen noch gelesen, ist ja ein dickes Ding, ja ja, es geht um den Cognac, also, Sie stehen an der Kasse und haben vor sich im Einkaufskorb die Flasche Martell V.S.O.P., gerade als Sie zahlen wollen, bekommen Sie von hinten einen Schubs von einer schwangeren Türkin mit drei unerzogenen Kindern, die Flasche saust in Gegenrichtung unter Ihren Mantel, da kommt der Substitut Meier, legt seine fettige Hand auf Ihre Schulter und bezichtigt Sie des Warenhausdiebstahls, das würde ich mir nicht gefallen lassen, ich würde an Ihrer Stelle Gegenanzeige wegen falscher Beschuldigung stellen, bitte? Sie müssen weg? Ich bin eigentlich fertig, ja... äh, gestatten Sie die Frage: kommen Sie nicht aus Köln? Aus Wien? Schöne Stadt, habe ich zwei Semester studiert...

singt

»Draußen in Simmering, blüht schon der Flieder...«

Es ergeht folgendes Urteil: Frau von Dönitz wird von der Anklage des Warenhausdiebstahls freigesprochen. Begrün-

dung: Sie litt unter Depressionen wegen ihrer noch nicht verarbeiteten Scheidung, außerdem war es kalt und regnerisch.
So, jetzt Müller! Nein Moment, erst noch Pfister. Herr Rechtsanwalt, haben Sie Ihren Mandan... Sie haben ihn nicht gefunden, ich gebe Ihnen noch fünf Minuten! Also, Müller, dann sind Sie doch dran! Ich mache Ihnen ein Sonderangebot, sagen wir sechs Monate? Ich versprech's Ihnen, ich geh nicht drüber... Das ist Ihnen zu hoch? Ihnen auch, Herr Anwalt? Gut, dann gehen wir nach der Gebührenordnung vor!
blättert in einem Postgebührenheft
drei Hähnchen im Gesamtgewicht von 2750 Gramm... das macht acht Monate! Ja, jetzt haben Sie den Salat... Moment, da ist noch ein Stern dahinter... was heißt das jetzt wieder... äh... Sicherungsverwahrung... Sicherungsverwahrung? Ah ja!
So, wenn Sie bitte aufstehen wollen. Es ergeht folgendes Urteil: Herr Müller wird wegen schweren Warenhausdiebstahls zu acht Monaten Gefängnis verurteilt. Anschließend ergehen zehn Jahre Sicherungsverwahrung. Begründung: es ist auch nach Strafverbüßung nicht abzusehen, wie Herr Müller von seiner Sozialhilfe leben soll, ohne zu stehlen.
So, letzter Fall: Schmitz,
sieht auf die Uhr
wir sind knapp in der Zeit, nein Moment, erst der Pfister, Herr Anwalt haben Sie ihn gefunden? Nein? Dann ergeht Versäumnisurteil: Herr Pfister wird zu 2000 Geldstrafe verurteilt, Führerscheinentzug auf Lebenszeit, sein Fahrzeug wird eingezogen und geht in die 3. Welt. Begründung: Farbenblinde können wir in unserer Gesellschaft nicht gebrauchen.
So, Schmitz, jetzt sind Sie dran. Momentchen noch! Herr Wachtmeister? Geht das mit der Roulade klar? ... Gut. Aber mit zwei Klößen... haben Sie... gut. So, Schmitz, Sie wollten also Ihre Mieterhöhung nicht zahlen. Wie hoch ist denn die Miete? Herr Schmitz, können Sie nicht sprechen? Wo ist

denn Ihr Anwalt? Sie haben gar keinen dabei? Sie meinen wohl, sie wären im Recht, was? Das meint jeder, der hierher kommt, aber das wollen wir erst mal rauskriegen, Schmitz, deshalb sitze ich doch hier! Also, wie hoch ist jetzt die Miete, Schmitz? 625 Mark für ein Wohnklo mit Küche. Und jetzt hat Ihr Vermieter Schallschutzfenster eingebaut, und die Miete geringfügig auf 920 Mark angehoben... Nein, Herr Schmitz, das gibt Ihnen nicht das Recht, die Kloschüssel aus der Verankerung zu reißen, am Kopf Ihrer entsetzten Frau vorbei durch das geschlossene Fenster zu werfen, obwohl Sie genau wußten, daß am Samstagnachmittag Ihr Vermieter im Hof immer seinen neuen Opel wäscht. Bitte? Es war nicht die Kloschüssel? Was denn, Herr Müller?! Wie groß war denn der Gegenstand? Rund? Rund ist der Ball. Nein, dafür war die Delle zu groß... Herr Müller, fällt es Ihnen ein? Herr Müller...!!

Herr Müller, wenn Sie mir meine Zeit klauen, dann klau ich Ihnen Ihre! Es ergeht Urteil gegen Herrn Müller: Herr Müller kommt in U-Haft, bis ihm der Gegenstand einfällt, mit dem er nach seinem Vermieter geworfen hat. Bitte? Wann wir den Fall wieder aufnehmen können? Das weiß ich nicht, jetzt kommt die Sommerpause, dann geh ich auf Kur, danach beginnt das Weihnachtsgeschäft, dann kommt der Karneval, ja, nächstes Jahr wird es wohl werden. Jetzt fangen Sie nicht an zu heulen.

So, wir sind in der Zeit. Ja, Herr Wachtmeister, ich komme!

Was ist mit Ihnen? Nein, wir haben schon geschlossen. Bitte? Pfister? Pfister... Pfister, der Name kommt mir bekannt vor... ah ja, gegen Sie ist Versäumnisurteil ergangen. Bitte? Ja, das ist der Saal 232, natürlich, Mann, ich sitze hier seit neun Jahren. Auf Ihrem Zettel steht 223? Das kann schon mal passieren. Legen Sie Rechtsmittel ein. Nein, heute geht nichts mehr. Meine Roulade wird kalt. Herr Wachtmeister, schmeißen Sie den Mann raus!

Der Hausbesuch

Kürzlich saß ich mit Dieter Hildebrandt zusammen, und wir kamen partout nicht auf den Namen des Arztes, der diese berühmte Krankheit erfunden hat…
Wir erinnerten uns aber daran, daß es im alten China üblich war, daß ein Arzt nur in der Zeit Geld verdient hat, in der seine Patienten gesund waren.
Der heutige Arzt lebt von der Krankheit – und das nicht schlecht. Da aber mittlerweile zu viele gut leben wollen – reichen bereits jetzt die Krankheiten nicht mehr aus. Viele Ärzte sind deshalb gezwungen, wie früher im alten China, den gesunden Patienten neu zu entdecken.

Die Personen: Ein Arzt
Ein Patient

ARZT Herr Sünder?
PATIENT Ja…
ARZT Machen Sie sich frei, bitte!
PATIENT Ja, frei…
Der Arzt holt Computerbögen aus dem Koffer.
Er entdeckt einen Aschenbecher.
ARZT Sie rauchen nach wie vor?
PATIENT Äh, nein… nur HB…
ARZT Mehr als sechzehn Stück am Tag?
PATIENT Äh… ja, eigentlich nein…
ARZT *entdeckt eine Bierflasche.*
Die Bierchen schmecken uns auch noch?
PATIENT Nein… nur das Pilsner…
ARZT Ein… aus… ein… aus… ein… anhalten! Ihr Jahresverbrauch an Pilsner lag 1984 bei 212 Litern. Das macht nach der Preiserhöhung von 10 Pfennig pro Flasche… 741,20 DM. Das will erst verdient sein.

Schließt verschiedene Diagnosestecker am Patienten an. Dieser ringt nach Luft.

Na, nicht gerade taufrisch, die Lungenflügelchen, aber 88,6 Prozent allemal. Aus!

PATIENT Bin ich krank?

ARZT Aber nein. Sie sind absolut normal. Werfen Sie ruhig einen Blick auf Ihr Persönlichkeitsprofil.

PATIENT O ja, tatsächlich, schön... was ist das?

ARZT Das ist Ihr Glück. Ich hätte sonst warten müssen, bis Sie den Mut finden, zu mir zu kommen. Dann ist es in der Regel zu spät. Wer gibt sein Elend schon freiwillig zu? Schulden, arbeitslos, Schwarzarbeit. Da kommt ganz schön was zusammen. Und eingelocht ist man heutzutage schnell. Das sollten wir beide vermeiden.

PATIENT Das geht an die Nieren.

ARZT Ihre Nieren sind meines Wissens in Ordnung. Ja, 100 Prozent Funktion.

Drückt in die Lebergegend.

Schmerzen?

PATIENT Auah! ...nein...

ARZT *Schreibt auf den Rücken des Patienten.*

Lunge... 2300, Herz... 2800... Herz bringt sehr viel, Milz, Leber... 1500, Magen und Kleinteile 2030... macht...

addiert die Zahlen

Also, lieber Herr Sünder, kurz und knapp, wenn Sie sich uns zur Verfügung stellen, erhalten Sie sofort 8630 DM, bei Lieferung innerhalb von zwei Tagen, runden wir auf, ich sage: 9000 DM auf die Hand. Was sagen Sie dazu?

PATIENT 9000 Mark, für mich?

ARZT Für Ihre Organe, der Rest ist uninteressant.

PATIENT Bitte? Moment mal, wer sind Sie eigentlich?

ARZT Ich komme von der Firma Interna, das ist eine Tochtergesellschaft der General Food.

PATIENT Ach so...

Ja, also… mehr als 9000 Mark sind nicht drin?

ARZT *zeichnet mit Kreide Segmente auf den Oberkörper des Patienten.*

In Buchenwald hat man einen Menschen noch auf ganze 49,80 RM veranschlagt. Neuntausend ist dagegen schon ein großer Fortschritt. Und besser wird's nicht mehr. Wenn Sie noch lange warten, kriegen Sie für Ihre Lunge maximal 60 Prozent. Jetzt rauchen Sie HB, bald drehen Sie selbst, SCHWARZEN KRAUSEN.

PATIENT Und was ist mit meinem Blut?

ARZT Blutgruppe A Null neg. …da steht der Liter im Augenblick bei 1,80 DM.

PATIENT Oh, das bringt dann nichts… und, die Nieren, wenn ich die einzeln verkaufe?

ARZT Einzelstückpreis, achthundert.

PATIENT Aber da besteht doch eine Riesennachfrage.

ARZT Leider auch ein Riesenangebot. Der Nierenberg aus dem Libanon hat uns die Preise versaut.

PATIENT Schade.

ARZT Wenn Sie blaue Augen hätten, die gehen zur Zeit am besten. Aber Sie haben graue. Die Haare fallen Ihnen auch aus, und für Ihr gebrauchtes Arbeitslosengehirn müssen Sie noch einen Hunderter drauflegen. An Ihrer Stelle würde ich die 9000 nehmen. Was man hat, hat man. Neuntausend sind auch Geld.

PATIENT Gut. Abgemacht.

ARZT Legen Sie sich mal hin.

PATIENT Ja.

ARZT *schließt eine Säge an.*

Ganz locker durchatmen. Augen schließen. Ist gleich vorbei.

Die Säge rattert los. Der Patient schreit und rennt aus der Wohnung

Meyer-Dinslaken. MdB, packt aus

Die vorläufige Bundeshauptstadt Bonn ist voll von menschlichen Schicksalen. Allein die Diäten machen noch keinen glücklichen Volksvertreter. Nehmen wir mal den Abgeordneten Meyer-Dinslaken von der SPD. Den werden Sie wahrscheinlich nicht kennen, müssen Sie auch nicht kennen, können Sie im Grunde gar nicht kennen. Aber genau dies ist sein Problem. Der sitzt nämlich ganz hinten in Reihe fünfzehn, Platznummer achtzehn, also dort, wo die Kameras nie hinkommen, es sei denn der Vogel holt ihn an manchen Tagen nach vorne, damit zumindest die ersten drei Reihen gefüllt sind. Und während sich der Herr Meyer nun seit sechs Jahren so mutterseelenallein in Bonn umhertreibt, quält ihn eigentlich immer nur ein Gedanke, nämlich: »Wie erkläre ich am Wochenende meiner Frau wieder, daß das mein Beruf ist?«
Und so sitzt er am Freitagabend, bevor er den Nahverkehrszug nach Dinslaken nimmt, im Wartesaal des Essener Hauptbahnhofs, trinkt sich ein bißchen Mut an, und hört schon, wie ihn seine Frau gleich wieder fragen wird:

»Na, Werner bist du schon wieder da?«
»Ja sicher, wir haben heute ein bißchen früher Schluß gemacht.«
»Das sagst du aber jeden Freitag, Werner!«
»Na und? Die Woche war hart. Glaubst du mir das nicht?«
»Doch, doch. Ich dachte halt nur, daß du auch mal ein Bier trinken gehst mit dem Vogel.«
»Warum soll ich denn mit dem ein Bier trinken gehen? Erstens saufe ich die Woche über schon genug – und zweitens, ich meine, ich kann mich doch nicht einfach aufdrängen, wenn der Vogel und die anderen mich nicht einladen.«
»Die anderen? Wer sind denn die anderen?«
»Immer dieselben. Der Ehmke, der Voigt, die Fuchs, die Wieczorek-Zeul, die Däubler-Gmelin, der Spoeri...«

»Der Spoeri? Aber den kennst du doch ganz gut. Mit dem fährst du doch öfter Intercity. Kann dich denn der nicht mal dem Vogel vorstellen?«
»Blödsinn! Ich kann mich doch nicht nach sechs Jahren vom Spoeri dem Vogel vorstellen lassen. Und außerdem... ich meine, es ist ja nicht so, daß mich der Vogel nicht kennt, der nimmt mich halt nicht so wahr – der lädt nur die ein, mit denen er per DU ist – und der sagt nach sechs Jahren immer noch Herr Abgeordneter Meyer zu mir. Jetzt kommt erst Genosse Meyer, dann Meyer, dann Genosse Werner und dann erst Werner. Das kann noch Jahre dauern. Außerdem, warum soll ich mit denen ein Bier trinken? Die reden doch den ganzen Abend eh wieder nur über Politik – davon versteh ich nichts.«
»Ist doch egal, Werner, aber der Vogel würde dann doch mal sehen, daß du Interesse an der ganzen Sache zeigst.«
»Ich zeige kein Interesse?!«
Unverschämtheit. So was muß ich mir von meiner Frau sagen lassen.
Zum Kellner
»Herr Ober! Bringen Sie noch mal eine 0,7er Flasche Intercity-Spätlese!«
Unverschämtheit! Ich zeige kein Interesse!
Seit sechs Jahren versuche ich mich für eine Zwischenfrage zu melden. Aber keine Chance. Die Renger, die arrogante Sumpfkuh, die konnte mich nicht leiden. Zweimal war ich in ihrer Sprechstunde – keine Chance! Der Jenninger, ja, der hat mir versprochen, daß er mich noch im laufenden Jahr drannimmt, falls ich weiter so gut mitarbeite – zack! war er weg vom Fenster! Und die neue, die wir jetzt bekommen haben, die Süßmuth, die nimmt erst mal die Frauen dran...
»Herr Ober! Eine Flasche Intercity, Mann!!«
Aber ich habe mich heute sowieso zum letzten Mal gemeldet. Holt mich der Vogel wieder nach vorne, 15 Uhr war's bereits,

am Freitag, muß man sich mal vorstellen, vierzehn Hansel waren wir noch zum Nachsitzen, holt mich der Vogel wieder nach vorne, ich zeig sofort auf, dreht sich der Vogel um und sagt zu mir – alle haben's gehört – sagt der zu mir:
»Ist in Ordnung Herr Abgeordneter Meyer, Sie können austreten!«
War ich natürlich voll blamiert. Voll blamiert, so eine Bombe habe ich gekriegt, na, ich schnell raus, habe auf dem Klo heimlich eine geraucht, als ich zurückgekommen bin, hatten sie mir wieder Schuhcreme auf den Sitz draufgeschmiert gehabt, die Säue!
Er wird immer besoffener
»Herr Ober! Eine Flasche! ... Penner!«
Dafür muß ich mich am Wochenende blöd anreden lassen. Letzten Freitag sagt meine Frau zu mir:
»Also, Werner, ich habe mir das noch mal überlegt. Ich meine, wenn du im Bundestag nicht mitkommst, wäre es vielleicht doch besser gewesen, wir hätten dich erst mal nur in den Landtag getan.«
Frechheit, so was!
Sie wollte, daß ich in den Bundestag gehe. 6000 Mark waren damals viel Geld. Die Alternative wäre Sonderschullehrer gewesen.
Schreit
»Herr Ober! Was ist denn jetzt... bitte? Ich bekomme nichts mehr? Das müßten Sie mal zu mir sagen! Wissen Sie, wer ich bin? ...Ha! Das werde ich Ihnen gerade sagen! Blöder Hund...«
Es ist ja nicht so, daß ich nichts geleistet hätte. Ohne... ohne mein... ohne meine kleine Anfrage wäre der EURO-Tankdeckel nie aufs Tapet gekommen – frühestens 1998! Ich sollte damals sogar als Belohnung in den Verkehrsausschuß gewählt werden. Bin ich vor lauter Freude mit 120 Sachen durch die Bonner Innenstadt gefahren – hinterher haben mir die Kame-

radenschweine aus den eigenen Reihen vorgeworfen, ich wär' ohne Katalysator gefahren. Hat der Genosse Kaczmarek aus Hagen-Haspe den Job bekommen. Meine einzige Chance ist die Quotierung. Gut, daß ich damals in Münster dafürgestimmt habe. Erst wollte ich nicht, dann hab' ich mir gesagt, ach, stimm' mal dafür, wer weiß, vielleicht kannst du es mal gebrauchen...

Ich werde dem Vogel einen Brief schreiben:

»Sehr geehrter Herr Klassenleiter! Ich bedanke mich für die Zusammenarbeit. Ab nächstem Jahr übernimmt meine Frau diesen Job!«

So, die war zwölf Jahre im Arbeitskreis Sozialdemokratischer Frauen, das reicht doch als Ausbildung. Durchschlag schicke ich an die Fuchs und an die Martini-Rosso. – Ha! Dann kommt er mir nicht mehr aus.

Schreit

»Herr Ober! Eine Flasche Intercity! Brauchen Sie ein Bundestagsmandat? Ist noch ein Jahr TÜV drauf!«

Oder ich melde mich beim Parlamentarieraustauschdienst nach Albanien. Versteh' ich zwar auch nichts – aber ich muß zumindest nicht jedes Wochenende nach Hause fahren. Oder ich kandidiere in Plauen. Im DDR-Parlament wäre ich sofort Klassenbester. Bis die die Geschäftsordnung begriffen haben, habe ich längst meine zweite Kleine Anfrage formuliert.

»Herr Ober? Was ist denn jetzt...? Wissen Sie, wer ich bin? Meyer-Dinslaken. MdB!! Verstanden?! So, und jetzt bringst du eine Flasche – aber dalli!! Ich bin der Vorsitzende der Anonymen Alkoholiker im Deutschen Bundestag – das ist der größte Ausschuß, du Pflaume! Penner...! Wo ist denn hier überhaupt das Damenklo?«

Wankt besoffen raus.

Solidarität

Rheinhausen 1988. Tausende von Stahlarbeitern sollen entlassen werden. Aus aller Welt treffen Solidaritätsadressen ein. Auch für die bundesdeutschen Künstler stellt sich aktuell wieder die Frage:
Stehen wir noch auf der Seite der Arbeiter?

Ich bin Kabarettist, dadurch selbstverständlich politischer Kabarettist, und damit selbstverständlich auf der Seite der Arbeitnehmer, und im Moment selbstverständlich auf der Seite der Stahlkocher in RHEINHAUSEN. Ich weiß, wovon ich spreche.
Schon mein Vater war Arbeiter, und, obwohl ich jetzt persönlich daraus gelernt habe, den Kontakt zur Arbeiterklasse habe ich nicht verloren.
Vor allem dadurch, weil auch mein Schwiegervater einen Arbeiter kannte – d. h. er hatte einen Bekannten, der einen kannte – jetzt nicht direkt persönlich, aber darum geht's doch gar nicht; jedenfalls, dieser Arbeiter hat dem Bekannten von meinem Schwiegervater, ich will jetzt nicht sagen erzählt, aber er hat ihm geschrieben, keinen Brief, mehr eine Karte, aus dem Urlaub war's, glaube ich nicht, nein, der Bekannte von meinem Schwiegervater war mit einem Arbeiter gleichzeitig im Hauptbahnhof von Dortmund, und hat am selben Schalter eine Fahrkarte gelöst, und dann sind die beiden mit demselben Zug in dieselbe Richtung gefahren, und da hat der Arbeiter ihm aber mal knallhart erzählt, wie es einem Arbeiter im Ruhrgebiet geht – und da habe ich Verständnis dafür. Ich bin solidarisch.
Ich bin für weniger Arbeit bei vollem Lohnausgleich und kämpfe persönlich dafür, so wahr ich hier stehe.

Man hat mir für einen Fernsehauftritt in der nächsten Woche 3500 Mark geboten, der Auftritt sollte fünf Minuten sein. Ich habe gesagt: Kolleginnen und Kollegen von der öffentlichen Anstalt, unter 6000 läuft nichts!
Und was sage ich Ihnen, sie haben gezahlt. Aber jetzt kommt's! Ich werde keine fünf Minuten spielen, bei vier Minuten 30 stehen die Mikros still, wenn der Kabarettist es will!
Denn ich sage mir: wenn schon die Stahlkocher aus RHEINHAUSEN seit Wochen umsonst im Fernsehen auftreten, dann ist es nur recht und billig, wenn ich einen Teil der ihnen vorenthaltenen Gage wieder heraushole. Und das Geld kommt voll den Arbeitern zugute. Ich kann davon zwei Wochen leben, und in der Zeit die Großveranstaltung KÜNSTLER FÜR RHEINHAUSEN mit vorbereiten, die am 17. Juni im Duisburger WEDAU-Stadion stattfinden soll. Am Tag der deutschen Einheit werden wir Künstler mit den Arbeitern zurückschlagen. Und alle haben zugesagt. Das Grußwort von Lech Walesa wird der bekannte Arbeiterdichter Max auf der Halde vortragen, und danach aus seinem neuen Gedichtband DIE KOHLE WAR ZU LANGE SCHWARZ lesen. Danach singen W. Niedecken, T. Engel und T. Herr zum letzten Mal ihr Lied: NIEMALS GEHT MAN SO GANZ. Nun wird SCHIMANSKI den Stahlarbeitern erklären, warum er das Scheiße, oder genauer gesagt, totale Scheiße findet, was mit RHEINHAUSEN passiert. Peter MAFFEY wird in die Gitarre greifen und singen: DU BIST NIE DER KASSIERER. Als Zugabe wird es eine Neufassung geben: AUF 7 BRÜKKEN MÜSST IHR STEH 'N! Ich werde knallhart durch das Programm führen – und keiner der Mächtigen wird geschont werden. Ich werde sie mit der Waffe des Witzes treffen. Etwa so:
LAFONTAINE und BANGEMANN treffen sich bei der Arbeit... ha ha ha, da geht die Post ab! Nun überbringt

OTTO SCHILY eine Grußadresse der GRÜNEN, und wird anschließend etwa zwei Minuten öffentlich am Mikrophon heulen. Danach werde ich den Krupp-Chef Cromme frontal mit einem erneuten Witz angreifen:
»Der Teufel kommt zu Petrus in den Himmel und bittet um Asyl. Was ist denn los? fragt Petrus. Darauf der Teufel: bei uns ist der CROMME eingeliefert worden, das erste, was er gemacht hat, er hat sechs Hochöfen stillgelegt und direkt 3000 Mann entlassen.« Ha ha ha! Jeder wird verstehen, was ich damit meine, nämlich daß der Kapitalismus selbst vor Toten nicht zurückschreckt.
Am Schluß singt die deutsche Fußball-Nationalmannschaft mit dem Schalmeien-Orchester aus Saarlouis unter der Leitung von UDO LINDENBERG: RHEINHAUSEN vor – wir stehen am Tor! Franz Beckenbauer und Willy Brandt werden die Stahlkocher für den Friedensnobelpreis vorschlagen. Karten gibt es in allen Werkskantinen, der Solidaritätsbeitrag kostet 26 Mark, Arbeitslose und Arbeiter mit einem Einkommen unter 3000 zahlen dasselbe – dürfen aber in der Pause gehen.

Ein Lehrer erzählt

Der Arzt, der Apotheker, der Pfarrer, der Bürgermeister und der Lehrer – unwidersprochen bildeten sie früher die crème de la crème am Stammtisch allemand de la Machthaberei. Der Wunsch, dazuzugehören, machte neben der Aussicht auf viel Ferien, und der Sicherheit, während der Arbeitszeit immer recht zu haben, gerade den Beruf des Lehrers für viele attraktiv. Heute leidet fast jeder zweite Lehrer und jede dritte Lehrerin an Minderwertigkeitskomplexen. Immer häufiger antworten unsere Pädagogen auf die Frage:
»Was sind Sie von Beruf?« mit:
»Wissen Sie, eigentlich wollte ich…« und während die einen noch täglich vor der Schulklasse darum kämpfen, daß man ihnen zuhört, sprechen viele bereits offen über ihre Probleme…

Ich bin gerne Lehrer – aber ich wollte es nicht werden. Es ist wie im Krimi: der Täter kehrt an den Ort seines Verbrechens zurück. Was habe ich die Lehrer gehaßt – heute muß ich die Schüler lieben, und das lebenslänglich…
Ich habe Soziologie und Romanistik studiert, mir stand alles offen… Redakteur bei der »Zeit«… nur zum Beispiel, alles wäre möglich gewesen… Heute habe ich die »Zeit« abonniert, wollte ich auch nicht, aber ich war der einzige in meiner WG, der kein Zeitungsabo hatte, und damals gab es die Kochtöpfe aus Kupfer…
Sicher, ich weiß, mit 40 noch in einer WG heutzutage, ich wollte es auch nicht, aber erstens ist das ein ehemals besetztes Haus, das haben wir danach billig gekauft, außerdem mußte ich für einen Anfängerfehler büßen. Ich habe mich in meiner ersten Stunde vor die Klasse hingestellt und habe gesagt:
»Ich heiße Peter, ich bin euer Freund«,
und dann habe ich meine Telefonnummer an die Tafel geschrieben. Ich habe dreimal die Nummer gewechselt, bis ich

in der WG gelandet bin, wo das Telefon nicht auf meinen Namen läuft. Das war das gefundene Fressen für meinen Kollegen Dr. Lüdenscheid, seines Zeichens Deutsch- und Geschichtslehrer:

»Na, Herr Kollege Bartel, da werden Sie in der nächsten Schülerzeitung unter der Rubrik »außerschulisches Engagement« auch mal ein Minus haben, es sei denn, Sie biedern sich in der Mensa noch mehr an, demonstrieren täglich gegen AKW's und verbringen Ihre Nachmittage ganz in der Eisdiele, um von dort mit den Schülern übergangslos in die Disco überzuwechseln.«

Das höre ich alles schon gar nicht mehr. Nur eines nervt mich furchtbar: der Lüdenscheid läßt regelmäßig die Lehrerzimmertür auf.

»Machen Sie doch endlich mal die Tür zu, Herr Dr. Lüdenscheid!«

»Wieso? Ich denke, Sie müssen für Ihre Schüler jederzeit erreichbar sein!?«

Der will mich nur provozieren, er, für den die Schüler reine Lernnehmer sind. »Wer nicht mitkommt, ist selber schuld!«

Der hält sich nur an seinen antiquierten Geschichtsbüchern fest.

»Lehrer sind weder Sozialarbeiter, noch freischaffende Künstler, und schon gar keine Revolutionäre mit Pensionsanspruch, Herr Kollege Bartel, Lehrer sind Beamte mit einer klaren Funktion, nämlich den Schülern eine ordentliche Bildung beizubringen und die Leistung zu beurteilen.«

»Aber wir sind keine Finanzbeamten, Herr Dr. Lüdenscheid. Ihre *ordentliche Bildung* besteht doch nur darin, daß Sie Ihr Geschichtsbuch am Ende der Stunde eine Seite weiterblättern, es aufgeschlagen in die Schublade legen und am nächsten Morgen so wieder herausnehmen.«

»Der Unterricht findet im Klassenzimmer statt, und nicht auf der Straße. Ihre Schüler kennen vielleicht alle sozialen Minderheiten im Stadtviertel, aber sie können mit einem Buch nicht arbeiten, falls Sie überhaupt wissen, was das ist, weil Ihr Lehrer nämlich mit dem Fotokopierer verheiratet ist! Wahrscheinlich ein Relikt Ihrer Flugblätterphase zwischen '68 und '72. Zetteldidaktik nenn ich das. Der Fotokopierer – der Therapeut des linken geschiedenen Lehrers!«

Das hat er auf dem letzten Betriebsausflug an die Loreley gesagt – hatte zwar schon sieben Biere – aber trotzdem.

Meine Frau und ich leben halt nun mal getrennt. Ich habe die Kinder ein Jahr bei mir gehabt, aber ich seh das ein – bei der Mutter sind sie besser aufgehoben. Wo sollte ich sie hintun – ich bin bis 15 Uhr in der Schule. Sie arbeitet zwar auch bis 17 Uhr, aber sie kann sich die Zeit besser einteilen. Ich habe mir da nichts vorzuwerfen – erstens zahle ich Unterhalt, zweitens fahre ich mit ihnen manchmal in Urlaub und drittens haben sie ein Zimmer in meiner WG. Die sind oft bei mir, weil sie da mehr dürfen als zu Hause.

Jedenfalls, die Frau vom Lüdenscheid möchte ich nicht sein.

Die hat ihren Beruf als Bibliothekarin aufgegeben, jetzt macht sie Seidenmalerei im Keller ihres Einfamilienhauses. Der Lüdenscheid haßt doch die Frauen. Auf der Biologielehrerin Kleinschmidt hackt er deshalb schonungslos rum, die mag er nicht, weil sie nach ihrer Scheidung öfter krank war, und er für sie ein paar Vertretungsstunden machen mußte. Außerdem ist sie schöner als seine Frau, läßt ihn aber links liegen. Er rächt sich dafür mit Witzen, die zwar unter Niveau sind, die die Waltraud jedoch an einer empfindlichen Stelle treffen: »Die Tatsache, Frau Kollegin Kleinschmidt, daß Sie jeden Morgen Ihr Fach leeren, macht Sie noch nicht zur Fachlehrerin.«

Da ist die immer kurz vorm Heulen. Hat's nicht leicht. Alleinerziehend, zwei Kinder. Trotzdem noch die Fachleh-

rerausbildung gemacht, dann kam die Scheidung – die weiß nicht mehr aus noch ein. Jetzt macht sie eine Therapie, wohnt mit einer Töpferin auf dem Land... Ich wollte sie nach ihrer Scheidung auf andere Gedanken bringen und bin mit ihr in Kurzurlaub nach Südfrankreich gefahren. Schon tönte der Lüdenscheid durchs Lehrerzimmer:
»Hier treibt's jeder mit jedem!«
Der Lüdenscheid würde am liebsten unverheiratete Lehrer ohne Kinder rauswerfen. »Als Lehrer muß man Vorbild sein!«
Dabei hat seine Tochter letzte Woche ihre Geige angezündet - weiß ich von ihrer Musiklehrerin aus der WG unter mir.
Ich am nächsten Tag:
»Na, Herr Dr. Lüdenscheid, wann hat Ihre Tochter denn nun den ersten Soloauftritt mit dem Schulorchester?«
Eine Woche später hat er behauptet, ich hätte ein Verhältnis mit einer ehemaligen Schülerin, weil die mich mal zu Hause besucht hatte. Ja...! Das war der schönste Augenblick in meinem Lehrerdasein:
Heilig Abend, 17 Uhr, meine Frau war gerade abgehauen... da klingelt's, draußen steht eine ehemalige türkische Abiturientin mit einer Flasche Champus, sagt, sie hätte gehört, mir ginge es nicht so gut, und vielleicht könnte sie mir ein wenig helfen als kleinen Ausgleich dafür, daß ich sie gegen den Widerstand ihrer Eltern zum Abitur geführt hätte. Das war eine echte Lehrerweihnacht... passiert aber fast nie...
Die meiste Zeit wird man fertiggemacht. Sicher, ich bin bei den Schülern beliebter als der Lüdenscheid. Aber auch da gibt es Rückschläge. Neulich sagte ein Schüler zu mir:
»So kann doch kein Mensch arbeiten, warum machen Sie es nicht einfach so wie Herr Lüdenscheid – der schmeißt die Störer einfach raus!«
Das ist die Quittung für zwei Jahre Projektunterricht...
Ich warte nur darauf bis ein Schüler zu mir sagt: »Der Herr

Lüdenscheid ist zwar unsympathischer als Sie – aber bei dem lernt man wenigstens was!«
Dann kracht's... Der Lüdenscheid ist schlau – nebenbei hat er sich auf das Gebiet ›Steuersparen für Lehrer‹ spezialisiert. Beim Lehrerstammtisch schart sich alles um ihn. Ich habe ihn auch schon mal konsultiert, weil ich meine Seminarreise nach Bologna über die kommunistische Schulpolitik als Weiterbildung von der Steuer absetzen wollte.
»Fragen Sie doch mal den Philologenverband. Vielleicht finanziert der Ihnen das Ganze, wenn Sie nur die einfache Hinfahrt lösen!«
Hab ich mir sogar überlegt... aber wenn jeder gleich aussteigt... obwohl, arbeitslose Lehrer gibt es genug... Die Vorstellung ist einfach grausam: von 6 bis 65, immer nur in der Schule...!
Alle würden gern aussteigen! Geben es nur nicht zu. Wenigstens mal für ein Jahr.
Warum die Waltraud nicht schon längst abgehauen ist, versteh ich nicht. Die ist am Ende. Die ist Lehrerin geworden, weil sie es besser als ihre Lehrer machen wollte. Die Schule war für sie als Kind ein Horror – heute ist sie es wieder. Aber die will zuviel, Helferin, Freundin und Lehrerin, nee, das geht nicht, das mußte ich mir auch abschminken. Das darf man nicht machen, vor allem, wenn man jüngere Schüler hat. Die saugen einen aus, die machen, was sie wollen, hinterher muß man um so mehr disziplinieren, und dann ist die Therapie nicht mehr weit, wenn man zwischendurch nicht die konservative Sau rauslassen kann.
Die Waltraud sitzt einmal pro Woche mit den Goldhamstern und Wellensittichen ihrer Schüler beim Tierarzt. »Ich möchte aufrichten statt unterrichten«, sagt sie.
Ich sag:
»Das klingt verdammt gut, Waltraud, aber die Schüler wollen in erster Linie Abitur machen, und das möglichst bequem.

An meinem Projektunterricht lieben sie mehr die Freiheit als den Inhalt. Machtstrukturen und Widersprüche der Gesellschaft transparent machen… ›Wozu brauchen wir das?‹ Bis man denen das erklärt hat, ist der Unterricht zu Ende.«
Ich wollte den Marsch durch die Institutionen – jetzt marschiert die Institution durch mich.
Erst gestern ruft mich der Schulrat an, weil ich einen Aufruf für das Ausländerwahlrecht unterschrieben habe. Der hat mich auf dem Kieker. Gut, ich sag, dann zieh ich die Unterschrift halt wieder zurück, dann unterschreib ich halt was anderes. Das hab ich der Waltraud erzählt, da sagt die zu mir: »Das ist typisch für euch linke Männer, ihr habt zwar Angst vor der Atombombe, aber noch mehr vorm Schulrat.«
Ich sag: »Immer noch besser als der Lüdenscheid, der meint, weil er mit dem Schulrat Schach spielt, kann ihm die Atombombe nichts anhaben.«
Da greift die mich an:
»Wie lebst du überhaupt? Mit 40 noch in einer WG, immer auf locker machen, aber unkündbarer Beamter, du bist bei den Schülerinnen nur deshalb so beliebt, weil sie dich als Chauvi noch nicht durchschaut haben, akzeptiere endlich mal dein Älterwerden, bevor du jeden Tag gegen das Elend der Welt an sich bist – und dich davon jedes Jahr in den großen Sommerferien auf Gomera mit einer kleinen Maus erholen mußt!«
Ich sag:
»Das mit der kleinen Maus habe ich überhört. Daß ich zu dir sag, daß du mit einer Frau zusammenlebst, das sag ich doch auch nicht! Und was meine Urlaubsfahrten angeht – ich muß öfter mal abschalten! Aber ich stehe wenigstens dazu – anders als die Englischlehrer, die nach Pompeji fahren, angeblich weil ihre Frauen das rauhe Klima in England nicht vertragen.«
Aber was rege ich mich eigentlich auf? Im Grunde geht's mir

nicht schlecht, und vielleicht bleibt bei den Schülern ja doch was hängen. Man muß weiterkämpfen... Wenn schon, dann möchte ich mit wehenden Fahnen untergehen. Auf keinen Fall will ich so enden wie der Dr. Lüdenscheid. Das Schlimmste für den ist die Angst vor einer Versetzung in eine andere Schule, dann kommt das Zittern vor dem neuen Pausenaufsichtsplan, und dann erst die Furcht vor dem eigenen Tod. Der kann noch so oft schreien: »Ich bin gerne Lehrer!«
Von wegen! Wenn der könnte, würde er sofort abhauen. Hat sich eh schon bei einem Schulbuchverlag beworben...
Warum die Waltraud nicht geht, ist mir ein Rätsel. Aber die Frauen sind eben ein Geheimnis...
Er holt einen Brief aus der Jackentasche
So ein Angebot von der Gewerkschaft bekomme ich nicht noch einmal... Leiter der Erwachsenenbildung in Sprockhövel... muß man ja nicht gleich hinziehen... sicher, das Vierteljahr Ferien... vorbei... aber dafür kann ich im Zug Erster Klasse fahren... warum soll ich bis 65 die Schulbank drücken... arbeitslose Lehrer gibt's genug... sind bestimmt auch ein paar gute darunter... nee, da muß ich kein schlechtes Gewissen haben... das Bewerbungsschreiben geht heute noch mit der Nachtpost nach Sprockhövel...!!

Im Schulungsseminar

Sage und schreibe jeder soundsovielte Arbeitsplatz in Deutschland hängt direkt oder indirekt vom Auto ab. So zum Beispiel auch der, an dem sich die folgende Geschichte abgespielt haben soll – wir sagen hier ganz bewußt »soll«, weil wir von ihr lediglich diese Schilderung aus zweiter Hand haben:

Ich habe einen Schwager, der arbeitet in der Kfz-Branche. Ist bei der deutschen Niederlassung eines japanischen Automobilkonzerns angestellt, fragen Sie mich nicht, bei welchem, und zwar als Verkaufstrainer. Hält solche Schulungsseminare, Sie kennen das, zu denen die einzelnen Vertragshändler ihre Verkäufer schicken, und unterrichtet auf denen dann Verkaufspsychologie. Mein Schwager macht das jetzt bestimmt schon seit zehn, fünfzehn Jahren. Sitzt mit zwanzig Mann zwei bis drei Tage lang in irgendwelchen Hoteltagungsräumen herum und übt mit ihnen den richtigen Umgang mit dem Kunden. Überanstrengen, sagt er, braucht er sich dabei nicht – er zieht das Ganze mehr wie so 'ne Art Selbsterfahrungsgruppe auf, mit Rollenspielen und so, hat an sich wenig Streß, das meiste müssen die Seminarteilnehmer selber machen. Nehmen alle ihre Stühle und bilden einen großen Halbkreis, und in der Mitte stellen sich dann zwei von Ihnen auf, der eine spielt den Kunden, der andere den Verkäufer, und hinterher wird dann gemeinsam darüber diskutiert.

Normalerweise also wirklich eine recht lockere Angelegenheit für meinen Schwager. Aber manchmal hat er auch Leute dabei, die mit Selbsterfahrungsgruppen und Rollenspielen jetzt doch noch nicht so vertraut sind, und mit denen gibt's dann schon gewisse Schwierigkeiten. Ist klar: So ein Verkaufsgespräch jetzt plötzlich in dieser ungewohnten Seminaratmosphäre führen zu müssen, vor kritischen Zuschauern und so, das ist halt eine ganz andere Sache, wenn man's nicht gewohnt ist.

Einmal zum Beispiel hatte mein Schwager einen, dem mußte man schon gleich das Prinzip erst mal fünfmal erklären, bevor's überhaupt losgehen konnte – »also, stell dir vor, dieser Raum hier wäre jetzt das Autohaus, der Kollege Maier hier wäre der Verkäufer, und du wärst der Kunde und kommst herein und sagst jetzt einfach das, was ein Kunde halt so sagt in so einer Situation. Klar?« – Nun gut, irgendwann schien der das dann auch endlich kapiert zu haben, alle setzten sich also in diesem Halbkreis hin und wurden ruhig, und das Spiel konnte losgehen. Und dieser also etwas begriffsstutzige Typ, der nun den Kunden spielen sollte – sagen wir mal, er hieß Müller –, stand mit roten Ohren da, machte dann zwei Schritte auf diesen Maier zu, der die Verkäuferrolle hatte, und sagte: »Tja, also... äh... Tschuldigung – ha'm Sie hier Autos?«

Da mußte mein Schwager natürlich sofort wieder eingreifen.

»Halt, stopp! Herr Müller! Ich bitte Sie! Haben Sie schon jemals einen Kunden gehabt, der zu Ihnen ins Autohaus kommt und fragt: ›Tschuldigung – haben Sie hier Autos?‹ – Noch mal von vorne das Ganze bitteschön.«

Da war nun dieser Herr Müller sofort gleich ganz geknickt und brauchte erst mal zwei Minuten, bis er sich wieder gesammelt hatte.

»Ach so, ja... Tschuldigung... also äh ––– Tschuldigung, ha'm Sie hier Staubsauger?«

Mein Schwager wieder:

»Herr Müller! Verzeihung, aber ich versteh' nicht ganz – wieso auf einmal Staubsauger?«

»Wieso?! Na, ich hab' schon mal einen Kunden gehabt, der kam rein und wollte einen Staubsauger haben!«

»Aha? Na ja, nun gut, aber trotzdem, Herr Müller – wir hatten doch, glaub' ich, geklärt, daß es uns um einen Autokauf geht jetzt, oder?«
»Aber so einen Kunden hab' ich wirklich schon mal gehabt!«
»Ist ja gut, Herr Müller, das mag ja sein. Aber trotzdem. Wenn Sie vielleicht trotzdem so nett wären, das Ganze noch mal von vorne anzufangen?«
Da hat dieser Müller schon mal ein bißchen beleidigt geguckt, aber schließlich doch nachgegeben.
»Tja, also... äh... ich hätte gern ein Auto.«
»Na also, Herr Müller! Prima! – Herr Maier – wie reagieren nun Sie als Verkäufer?«
»Gerne. Dachten Sie an etwas Bestimmtes?«
»Sehr schön, Herr Maier. Und nun wieder Sie, Herr Müller?!«
»Wie? – Ach so, ja... äh... tja... Nein. Eigentlich nicht. Einfach ein Auto halt.«
An sich ist mein Schwager ja nicht so leicht aus der Ruhe zu bringen – aber jetzt verlor er doch allmählich die Beherrschung.
»Herr Müller – nein. Ich muß doch sehr bitten. Sie können doch als Kunde nicht hergehen und einfach irgendein Auto verlangen! Da bringen Sie doch irgendwelche Vorstellungen mit!«
»Ich hatte aber schon mal einen Kunden ––«
»Nun machen Sie mich aber nicht ungeduldig! Denken Sie sich gefälligst was aus jetzt! Und das Ganze noch mal von vorn!«
»Wie reden Sie denn mit mir? Wie reden Sie denn mit mir?«
Da wurde die Stimmung nun langsam beiderseits gereizt. Mein Schwager erkannte das auch und nahm sich noch einmal zusammen.
»Okay, Herr Müller. Entschuldigung. Wären Sie so freundlich, das Ganze noch einmal von vorne zu spielen, und zwar bitte mit etwas genaueren Vorstellungen jetzt?«

Ließ sich der Herr Müller auch noch mal besänftigen von.
»Na bitte, wer sagt's denn. – Tja, also... äh... Ich hätte gern ein Auto.«
»Vielen Dank, Herr Müller. Herr Maier, und Sie jetzt?«
»Ein Auto, gerne. – Dachten Sie an etwas Bestimmtes?«
»Natürlich, gar kein Problem – und zwar hätte ich gerne ein blaues Auto. Genau. Blau soll es sein.«
»Herr Müller!!«
Es kam, wie es kommen mußte.
»Herr Müller, nein! Nein, nein, nein! Jetzt reicht's. Jetzt reicht's wirklich.«
»Wieso? Was war denn jetzt schon wieder falsch?!«
»Ach, tun Sie doch nicht so! Wo gibt's denn so was, daß einer einfach nur ein blaues Auto will. Das ist doch sinnlos. Das hat doch wirklich keinen Zweck so.«
»Ich hatte aber mal einen Kunden, der wollte sehr wohl einfach nur ein blaues Auto!«
»Ach, hör'n Sie mir doch auf. Geh'n Sie mir doch weg mit Ihrer schwachsinnigen Kundschaft!«
Da war dann natürlich der Eklat da. Jetzt war der Herr Müller aufs Schwerste beleidigt und wollte überhaupt nicht mehr mitspielen, es kam eine ziemliche Unruhe auf in der Runde, der Herr Maier zum Beispiel, der mischte sich nun auch ein und sagte, er hätte auch schon mal so einen Kunden gehabt, der hätte einfach nur ein gelbes Auto haben wollen, okay, das wäre insofern jetzt also nicht ganz dasselbe gewesen wie bei dem Kunden von Herrn Müller, denn der hätte ja blau haben wollen und nicht gelb, aber trotzdem ---
»Ist ja gut, ist ja gut!«, hat mein Schwager gerufen. »Es sind also offenbar einige hier der Meinung, daß ich dem Herrn Müller da grade Unrecht getan habe, okay, dann entschuldige ich mich hiermit vielmals und nehme das Gesagte mit Bedauern zurück.«
Und dann hat er sich wieder hingesetzt und überhaupt nichts

mehr gesagt. Es gab dann noch eine ziemlich erregte Diskussion unter den anderen, man hat sich bemüht, jetzt den Herrn Müller dazu zu bewegen, doch die Entschuldigung meines Schwagers anzunehmen, und das hat man dann schließlich auch geschafft, und dann haben sich alle wieder beruhigt und hingesetzt, und der Herr Müller und der Herr Maier haben sich noch mal in die Mitte gestellt und jetzt also so ein Verkaufsgespräch vorgeführt, wie sie sich das dachten.

»Tja, also... äh... Tschuldigung – ha'm Sie hier Staubsauger?«

»Das leider nicht, mein Herr – aber Autos hätten wir da.«

»Autos? Ach ja? Dann hätte ich gerne ein Auto!«

»Ein Auto – gerne. Dachten Sie an etwas Bestimmtes?«

»Natürlich! Ich hätte gerne ein blaues Auto.«

»Ein blaues Auto, aha... Nun, da hätten wir zum Beispiel hier diesen KAMASUTRA VHC 230 SXi Diesel mit Motor, Getriebe, Katalysator, Kofferraum und von innen verstellbarem Aschenbecher ---«

»Ja gut, sehr schön – ich glaube, das nehm' ich.«

»Sehr wohl. Macht dann 22495 Mark. Soll ich's Ihnen als Geschenk einpacken?«

»Ach, danke nein. Das geht schon so.«

»Ja dann, vielen Dank – und auf Wiedersehen!«

»Nichts zu danken! Auf Wiedersehen!«

Dann hat das ganze Seminar geschlossen applaudiert, bis auf meinen Schwager natürlich, der hat sich nur noch vorsichtig erkundigt, ob noch irgendwelche Fragen wären – und als keiner mehr eine hatte, hat er allen ihre Teilnahmebescheinigung mit der Note SEHR GUT ausgefüllt und ausgehändigt und für die restlichen anderthalb Tage freigegeben.

Die Probefahrt:

Grau ist alle Theorie – kein noch so gutes Schulungsseminar kann einen Autoverkäufer auch nur annähernd auf alle Probleme vorbereiten, vor denen er in der Praxis dann oft steht. Hier zum Beispiel steht einer mit seinem Kunden ganz einfach in einem Stau. Und das ausgerechnet mit einem Wagen, dessen Stärken an sich eher im Hochgeschwindigkeitsbereich liegen…

VERKÄUFER Tja – so hätten wir uns das jetzt natürlich nicht vorgestellt, was, Herr Dr. Berger?

KUNDE Ach, wissen Sie, ich wohn' im Friesenviertel, da ist das eigentlich jeden Tag so. Insofern bin ich's gewohnt. Wird schon mal wieder weitergehn da vorne.

VERKÄUFER Fragen wir doch grad mal den Bordcomputer! Drücken Sie mal die blaue Taste da ---

KUNDE Diese hier?

VERKÄUFER Zweimal! Sie müssen zweimal drücken! Ist ne Multifunktionstaste. Wenn Sie nur einmal drücken, geht der Kofferraum auf… genau.

KUNDE Ah ja. Und was bedeutet das jetzt?

VERKÄUFER Stau. Das ist das Symbol für Stau. Sehen Sie? Da haben wir die Bestätigung. Wir stehen im Stau.

KUNDE Na ja – das hätte ich Ihnen jetzt aber auch so sagen können, ohne Computer.

VERKÄUFER Genau! Verstehn's?! Jede neue Verkehrsmeldung geht über das zentrale Leitsystem per Funk sofort an den Bordcomputer. Da brauchen Sie überhaupt keinen Verkehrsfunk mehr zu hören.

KUNDE Da leuchtet aber noch was! Hier! Was ist denn das jetzt plötzlich?

VERKÄUFER Wie? Ach so – die automatische Service-Intervallanzeige. Kommt alle 15 Minuten automatisch mit einer Check-control. Das hier ist zum Beispiel der momentane Tankinhalt. 48,1175 Liter. Sehen Sie?

KUNDE Ach so, ja! Das ist ja praktisch!

VERKÄUFER Und wenn Sie jetzt auf die gelbe Taste direkt dadrunter drücken, zeigt er Ihnen die Tankreichweite an... Noch mal! Drücken Sie noch mal! Sonst verstellt er die Außenspiegel... genau.

KUNDE 0 Kilometer?! Das kann jetzt aber doch nicht die Tankreichweite sein! Ich denke, wir haben noch 48 Liter?

VERKÄUFER Bitte? Moment – darf ich grad mal selber? Das haben wir gleich... nee! Komisch! Der bleibt dabei!

KUNDE Das kann doch gar nicht sein, mit 48 Litern nur 0 Kilometer!

VERKÄUFER Tja – da bin ich im Moment jetzt aber auch -- Nein, halt! Moment! Natürlich! Der hat jetzt natürlich über unsere Durchschnittsgeschwindigkeit in den letzten 30 Minuten hochgerechnet! Und in den letzten 30 Minuten hatten wir eine Durchschnittsgeschwindigkeit von 0 km/h bei einem Verbrauch von 4,2327 Litern! Sehen Sie?

KUNDE Ja schon – aber trotzdem versteh' ich nicht ganz...

VERKÄUFER Der rechnet dann natürlich so: mit 4 Litern haben wir 0 Kilometer zurückgelegt, also kommen wir mit 48 = 12 mal 4 Liter auch 12 mal 0 = 0 Kilometer weit!

KUNDE Ach so! Ja dann! Ich wollte schon sagen, das kann doch nicht stimmen, mit 48 Litern nur 0 Kilometer!

VERKÄUFER Genau! Verstehn's?! Weil wir jetzt ja schon über eine halbe Stunde im Stau stehen!

KUNDE Wird schon mal wieder weitergehn da vorne.

An dieser Stelle überspringen wir zwanzig Minuten:

VERKÄUFER Ach nein! Schau'n Sie mal, wer da hinten kommt! Unsere Freunde und Helfer! Ist es die Möglichkeit! Haben die auch endlich mitgekriegt, daß hier ein Stau ist! ––– Also das ist mir jetzt wirklich sehr unangenehm, Herr Dr. Berger…

KUNDE Sie brauchen sich doch nicht zu entschuldigen. Der Wagen kann doch nun wirklich nichts dafür.

VERKÄUFER Freut mich, daß Sie das so sehen.

KUNDE Ich meine, so einen richtig umfassenden Eindruck konnte ich jetzt natürlich noch nicht gewinnen, dadurch, daß wir jetzt direkt gleich in diesen Stau gekommen sind, ich meine, das waren ja höchstens 300 Meter, die wir davor gefahren sind…

VERKÄUFER Mooo-ment! Fragen wir doch einfach unseren Bordcomputer! ––– Hier! 303,4 Meter! Sehen Sie?

KUNDE Tatsächlich?! – Aber lassen Sie mich mal so sagen: Der allererste Eindruck bisher ist durchaus positiv, ich mein, das hat durchaus schon mal Spaß gemacht, auch wenn's jetzt nur im ersten Gang war.

VERKÄUFER Was macht denn der da drüben jetzt? Der kann doch nicht einfach aussteigen und sein Auto mitten auf der Straße stehen lassen? – Tschuldigung, was sagten Sie grade?

KUNDE Na ja, also der Wagen macht auf mich bisher einen durchaus souveränen Eindruck, selbst in dieser Situation, wenn Sie verstehen, was ich meine…

VERKÄUFER Ganz klar! Das ist ein Motor, der läßt sich einfach nicht provozieren. Der hat eine Laufkultur, also so was gibt's gar nicht…

KUNDE Wie gesagt, das ist jetzt natürlich nur mein Eindruck von diesen 300 Metern…

VERKÄUFER Genau! Verstehn's?! Im Grunde hört man's so im Leerlauf sogar am besten. Hören Sie mal genau hin! Dieser intellektuelle Grundklang, aber mit diesem ganz feinen sportlichen Unterton… hören Sie? Da spielt das Ansauggeräusch mit rein, der Auspuff, die zwölf Ventile –

hören Sie mal ganz genau hin! Ist vielleicht gar nicht so schlecht, daß wir in diesen Stau gekommen sind, im Leerlauf hört man's eigentlich sogar am besten...

Weitere zwanzig Minuten später:

KUNDE Tatsächlich! Sie hatten recht! Ein toller Leerlauf! Jetzt bin ich direkt fast ins Träumen geraten kurz... Mein Gott! Normalerweise achtet man auf so was ja nie so richtig...

VERKÄUFER Herr Dr. Berger, Tschuldigung – aber schau'n Sie mal nach links, da steht ein Polizist an Ihrer Seite, ich glaub', der will was...

KUNDE --- Wie? -- Oh! – Ja! Wie geht das Fenster gleich noch mal auf?

VERKÄUFER Den schwarzen Knopf da links! – Zweimal! Sonst macht er die Heckscheibenheizung an!

KUNDE Ah ja...
– zum Polizisten:
Guten Tag!... –
Wie bitte? Wieso? –
Ausgeschlossen! Wir machten hier eine Probefahrt! –
Aber wie soll ich denn dann –

VERKÄUFER Tschuldigung, Herr Wachtmeister, was ist denn da vorne los überhaupt? – Ja, das sehen wir selber, daß der Verkehr zusammengebrochen ist! Aber wann geht's denn mal wieder weiter? – Ja wie: »Erst mal gar nicht?!« –

KUNDE Wir machen hier eine Probefahrt!

VERKÄUFER Ja, dann kümmern Sie sich halt auch nicht um uns, sondern schau'n Sie, daß es da vorne mal wieder weiterge... Ja, okay. Bitte: Wie Sie wollen. Wir stellen den Motor ab. Immer mit der Ruhe. Wir stellen ihn ab. –
Herr Dr. Berger – ich glaub', wir kriegen sonst wirklich nur Scherereien.

KUNDE Na ja, Hauptsache, ich hab' überhaupt mal so reinhören können.

Zwanzig Minuten später:

KUNDE Ist vielleicht ganz gut, wenn ich den jetzt mal auch so ausgeschaltet erlebe. Ich mein, die meiste Zeit über steht so ein Wagen ja letztlich doch auf dem Parkplatz oder in der Garage.

VERKÄUFER Den können Sie sogar wochenlang stehenlassen, das macht dem überhaupt nichts! Mit dem sind Härtetests gemacht worden auf dem Nürburgring, 1000 Stunden Non-Stop-Stehen, also von daher...

KUNDE Aber wenn ich dann fahre, dann möchte ich ja schon engagierter fahren, also sportlicher, wenn Sie verstehen.

VERKÄUFER *Wenn* man's mal braucht, dann hat man halt ganz gern so was wie diesen hier.

KUNDE Einfach, daß man das Gefühl hat: Wenn ich in diesem Moment jetzt wollte, dann könnte ich in einer Stunde in Frankfurt sein zum Beispiel.

VERKÄUFER Wenn Sie wollten – sicher! Mehr als eine Stunde braucht der nicht!

KUNDE Mit meinem alten hab' ich das früher öfters gemacht. Einfach nur mal so zum Genuß runter nach Frankfurt und zurück.

VERKÄUFER Was ist denn das für einer eigentlich?!

KUNDE Auch ein BMW! Den 3.0 CSi – ich hab' sogar ein Foto dabei. Hier! Sehen Sie?!

VERKÄUFER Ah ja! – Ich würd' sagen: Der sieht Ihnen direkt ein bißchen ähnlich!

KUNDE Finden Sie?

VERKÄUFER Unbedingt! Wenn Sie mich fragen: Ganz der Fahrer!

KUNDE Das ist jetzt schon mindestens der Zehnte, der sein

Von links nach rechts: Verkäufer, Kunde

Auto einfach stehen läßt! Da kommen wir ja gar nicht mehr durch nachher, wenn das so weitergeht!

und noch mal sehr viel später:

KUNDE Komisch – wieso geh'n die denn jetzt alle? Die können doch nicht einfach ihre Autos stehen lassen und nach Hause gehen?
VERKÄUFER Genau! Verstehn's? Das geht doch einfach nicht!
KUNDE Da ist grad wieder ein Polizist auf Ihrer Seite – fragen Sie den doch mal!
VERKÄUFER Moment – jetzt weiß ich grad selber nicht mehr, wie das Fenster runtergeht...
KUNDE Zweimal! Sie müssen zweimal drücken! Sonst verstellt sich bei mir die Fußmatte!
VERKÄUFER Ach ja, genau!
zum Polizisten:
Sagen Sie mal, Herr Wachtmeister – wieso geh'n die denn jetzt alle nach Hause einfach? Da kommt man ja gar nicht mehr durch nachher!
KUNDE Wir machen hier eine Probefahrt!
VERKÄUFER Ja wie: »Verkehrszusammenbruch??« –
GANZ KÖLN?!? –
Ne, ich DENK ja gar nicht dran. Ich laß doch meinen Wagen nicht eine Nacht allein hier stehen! –
Nein, danke. Ich bleib hier sitzen. Das wäre ja noch schöner!
KUNDE Das gibt's doch überhaupt nicht.
VERKÄUFER Wer weiß, ob das stimmt überhaupt. Fragen wir lieber noch mal den Computer... Moment, da haben wir's...
KUNDE Und? Was sagt er?
VERKÄUFER Mein Gott! Der Computer sagt's auch. Nichts geht mehr. Ganz Köln ist dicht. Sehen Sie?

KUNDE Ja, und was machen wir dann jetzt?

VERKÄUFER Ich will Sie nicht zwingen, jetzt die ganze Nacht mit mir hier im Auto zu verbringen…

KUNDE Und unsere Probefahrt?

VERKÄUFER Moment! Ich hab' eine Idee! Wozu haben wir denn unser Verkehrsleitsystem! ––– Schau'n Sie, da tippt man jetzt diese Taste und ––– Da! Wer sagt's denn! Auf der A 45 zwischen Meinerzhagen und Olpe ist frei! 20 Kilometer freie Autobahn!

KUNDE Dann fahr'n wir jetzt doch einfach dahin! Dann können wir doch da unsere Probefahrt machen!

VERKÄUFER Genau! Verstehn's? Sind keine 60 Kilometer bis dahin!

KUNDE Ja toll! Das machen wir! –– Aber halt, das geht ja gar nicht…

VERKÄUFER Verdammt!

KUNDE Tja.

VERKÄUFER Mist aber auch!

KUNDE Ja, dann seh' ich jetzt vielleicht doch mal, daß ich irgendwie zu Fuß nach Hause komme…

VERKÄUFER Tut mir leid, daß Sie jetzt unter so unglücklichen Umständen…

KUNDE Aber wieso denn! Da kann der Wagen doch nichts dafür?!

VERKÄUFER Ja hätten Sie denn nach wie vor Interesse?

KUNDE Ja sicher! Unbedingt! Im Prinzip bin ich mir jetzt eigentlich bloß noch über die Farbe unschlüssig…

VERKÄUFER Ja, wenn das so ist… da kommt's jetzt natürlich ganz alleine auf Ihren Geschmack an, Herr Dr. Berger…

KUNDE Am Anfang dachte ich ja eh an Blau, aber jetzt, so im Stehen, gefällt er mir Schwarz eigentlich fast besser…

VERKÄUFER Herr Dr. Berger, wissen Sie was: Da geb' ich

Ihnen ein Kärtchen mit der Nummer von meinem Autotelefon hier, da rufen Sie mich einfach morgen vormittag noch mal an...

KUNDE Genau! Verstehn's? Dann überschlafe ich das einfach noch mal – und Sie sind morgen vormittag ja bestimmt noch hier, so wie's aussieht...

VERKÄUFER Auf jeden Fall. Das denk' ich auch. Wiedersehen, Herr Dr. Berger! Besten Dank!

KUNDE Wiedersehen! Und gute Nacht!

Im Namen des Volkes, Teil 2

Nach einer Unterbrechung wird ein Vergewaltigungsprozeß fortgesetzt.

So, wir fahren fort in der Strafsache gegen Herrn Detlef K., dem Vergewaltigung vorgeworfen wird. Ich rufe nun auf die einzige Zeugin und Nebenklägerin Frau Engelskirchen... Frau Engelskirchen! Sie sind Frau Engelskirchen? Ah ja... klar, ich habe mich schon gewundert, warum Sie die ganze Zeit hiersitzen... klar! Äh... wer ist die Dame neben Ihnen? ...ihre Anwältin...? So... Sie haben sich eine Anwältin genommen... hm hm... Nein, Frau Anwalt, das ist in Ordnung, aber klar ist auch, daß sich dadurch die Fronten möglicherweise verhärten können... nein, ich laß mich mit Ihnen auf keine Diskussion ein! Wir werden ja sehen, ob Ihre Anwesenheit einen Sinn hatte oder nicht.

So, Frau Engelskirchen. Sie behaupten also, Sie wären vergewaltigt worden... das steht Ihnen frei. Wir tun jetzt mal so, als wüßten wir von der ganzen Sache gar nichts, müßten also erst durch Sie erfahren, wie sich die ganze Sache abgespielt haben soll. Sie wissen ja, daß Sie nur die Wahrheit und nichts als die Wahrheit sagen dürfen, lassen Sie sich also von Ihrer Anwältin nicht beeinflussen, Frau Engelskirchen... Laut Polizeiprotokoll verließen Sie so gegen 22 Uhr nachts die Kneipe »Walpurgisnacht«. So, von welcher Seite kam nun dieser ominöse Vergewaltiger? ...Frau Engelskirchen! ...hallo! Frau Engelskirchen?! ...können Sie mich hören? ...Das müssen Sie doch noch wissen, Frau Engelskirchen! Zu dem Zeitpunkt waren Sie doch noch auf keinen Fall vergewaltigt... Frau Engelskirchen! Von welcher Seite... kam er von rechts oder von links? ...Von vorne, von hinten... von

oben? ...Frau Engelskirchen!! ...Wo links und rechts ist, wissen Sie doch hoffentlich?! ...
Darf ich mal einen kleinen Test mit Ihnen machen?
Der Richter faltet die Hände wie zum Gebet, dreht sie nach innen, und hält sie Frau Engelskirchen vor das Gesicht.
Wo ist mein linker Mitteldaumen, Frau Engelskirchen? Der? Das ist der rechte! Wollen Sie mich verarschen, Frau Engelskirchen?!
Frau Anwalt! Sicher ist der Test zulässig. Wir können auch einen Gutachter bestellen, dann wird die Sache noch teurer.
Frau Engelskirchen... als Sie aus der Kneipe rauskamen... Bitte? Sie kamen gar nicht...? Aber im Protokoll steht... Äh, Frau Engelskirchen, wie wollen Sie denn dann vergewaltigt worden sein? ...In der Kneipe? Vielleicht am Tresen? ...Auf dem Männerklo?!, Hören Sie, Frau Engelskirchen, mal unter uns... wieviel Edelzwicker hatten Sie denn an jenem Abend getrunken? ...Keinen? Wieviel Edelzwicker müssen Sie denn trinken, um zu vergessen, wieviel Sie getrunken haben? Bei mir beginnt das so ab dem fünften, dann komm ich schon mal ins Schleudern... Wer hat Ihnen denn ins letzte Glas den Trip geworfen? ...Nein, Frau Anwalt, die Frage ist natürlich zulässig. Jetzt kann ich mir die Sache nämlich langsam vorstellen. Frau Engelskirchen, als Sie auf der Straße im Schein der Laterne standen, konnte man da unter Ihrem Minirock das knappe Tangahöschen sehen? Weil... langsam reimt sich die Sache für mich zusammen... Frau... äh... ich kann mir das genau vorstellen:
Sie stehen den ganzen Abend am Tresen, hauen sich einen Edelzwicker nach dem anderen rein, neben Ihnen gehen die Frauen weg wie warme Semmeln, nur Sie stehen da wie bestellt und nicht abgeholt, obwohl Sie sich extra keinen BH angezogen haben, nach dem fünften Edelzwicker werden Sie langsam sauer und sagen sich: Mal sehen, was auf der Straße

so für mich abfällt. Der Trip dröhnt Ihnen im Kopf, Sie fühlen sich wie eine Mischung aus Brunhilde und Nastassja Kinski. Sie treten aus der Kneipe, als Sie plötzlich von links kommend den harmlosen Abendschüler Detlef K. erblicken, der todmüde auf dem Nachhauseweg ist.
»Was will denn das Bürschchen nach 22 Uhr noch alleine auf der Straße?« sagen Sie sich. »Der Fuzziman ist fällig!!«
Schwupp!! Haben Sie ihn am Kragen, schleudern ihn ein paarmal um die eigene Achse, klemmen seinen Kopf zwischen Ihre Beine, Hose runter, und ab geht die Post! »Uih! Der war gut! Den gönn' ich keiner anderen!« Zack! Ziehen Sie Ihr Schweizer Taschenmesser raus, Schwanz ab! Den werfen Sie dem Kneipenhund Bello zu. Noch ein Büschel Schamhaare abgesäbelt und als Trophäe an die Jeansjacke geheftet, den Rest werfen Sie in die Mülltonne, schnell wieder rein in die Kneipe, wo schon der sechste Edelzwicker auf Sie wartet, ex rein das Gesöff, und schon sind Sie wieder auf der Straße, um den nächsten Abendschüler nicht zu verpassen!! War's so?!! Bitte? Nicht? Frau Anwalt...? Aber ich kann es mir nur so vorstellen!!
Meine Phantasie geht Sie gar nichts an! Wir unterbrechen... gut, von mir aus. Ist eh Mittag. Mahlzeit!

Letzte Meldung (12. 1. 1989)

WIEN. Gescheitert ist heute in den frühen Nachmittagsstunden der Versuch des österreichischen Bundespräsidenten Kurt Waldheim, der Volksrepublik Libyen spontan einen unangemeldeten Staatsbesuch abzustatten. Amerikanische Abfangjäger entdeckten seine Maschine bereits beim Anflug über die Große Syrte, drängten sie ab und zwangen sie zum Rückflug nach Wien. In ersten Stellungnahmen am Abend verlautete aus österreichischen Regierungskreisen Enttäuschung insbesondere über die Tatsache, daß Waldheims Maschine nicht einmal für würdig befunden worden war, den internationalen Gepflogenheiten gemäß auch gleich abgeschossen zu werden.

Hohe Tiere

Staatsbegräbnis in Tokio / 1. Bild

Tokio, Ende Februar 1989. Die Welt trauert um den japanischen Kaiser Hirohito. Monarchen, Staatsoberhäupter und Regierungschefs aus 163 Nationen säumen die Straßen, als sein Leichnam am Morgen des 24.2. zu Grabe getragen wird. Aber danach haben sie auch noch was anderes vor. In zahllosen Höflichkeitsbesuchen, Arbeitsessen und Vieraugengesprächen trifft sich kreuz und quer alles, was in der internationalen Spitzendiplomatie Rang und Namen hat. Mittendrin im Getümmel, auch beim abschließenden großen Galastaatsempfang des Thronfolgers im kaiserlichen Palast am Abend: Der deutsche Bundespräsident Richard von Weizsäcker und der bundesdeutsche Außenminister Hans Dietrich Genscher. Doch ausgerechnet zwischen diesen beiden kommt wieder einmal kein Treffen zustande – warum nicht, das geht aus einem Telefongespräch hervor, das Hans Dietrich Genscher am nächsten Morgen mit Richard von Weizsäcker führt.

Morgen Richard! Hans Dietrich hier! Du, Richard: Ich glaub', wir lassen das besser mit dem Frühstück nachher, ich bin einfach noch zu erledigt jetzt... Du auch?
Siehste, das hab' ich doch schon geahnt... Du warst ordentlich dicht gestern, oh ja, das hat man gesehen...
Bei mir ging's eigentlich! Ich hab' immer schön Wasser getrunken zwischendurch... dieser Reiswein ist mörderisch, das hätt' ich Dir gleich sagen können...
Nee Du, aber dann hat's ja wirklich keinen Zweck jetzt, dann haust Du Dich auch noch mal hin jetzt, und wir lassen das mit dem Frühstück...
Ja schade, Du, dann haben wir jetzt wieder nicht richtig miteinander reden können – aber Du warst auch so plötzlich verschwunden dann, ich hab' das gar nicht mitgekriegt, plötzlich warst Du weg...
O je, o je, Du, bis fünf Uhr ging das noch! Der Castro war überhaupt nicht mehr zu bremsen! Der ist dann sogar noch

weitergezogen mit dem Kaunda und Soares rüber zum Howe in die britische Botschaft...

Ne, ne, da bin ich dann nicht mehr mit, ich hab' dann noch in Ruhe ein Gläschen mit dem Cossiga getrunken, und das war's dann auch – Du!

Aber der Kaunda, der hat einen wahnsinnig guten Kohl-Witz erzählt... haste das mitgekriegt?

Paß auf, wie ging der jetzt noch mal... irgendwas mit ihm und Hannelore... meinste, ich komm' da jetzt drauf? ...

Wie? Schwul?!? Der Bush?!?! Nie im Leben!! ...ach, was der Ghandi sagt! Woher will der das denn wissen... Du hast doch gesehen, was der da für einen Hasen dabei gehabt hat... Dolmetscherin? Die? Wenn das 'ne Dolmetscherin war, dann bin ich der Kalif von Kaiserslautern... aber sicher, aber sicher!

Um halb eins war der doch schon weg mit der! ...ne, ne, also der Bush wirklich nicht, nie im Leben. Aber sag' mal: Diese eine, diese wie heißt sie, Benazir Bhutto... genau die... wo ist die noch mal Ministerpräsidentin?

In Pakistan? Ach ja! Sag' mal, hast Du zufällig die Telefonnummer von der...?

Nö, nö, nö, Du, nur weil ich morgen eh in Malaysia bin, und da könnt' ich von da aus ja kurz mal... Also komm! Wer hat denn zwanzigmal Brüderschaft mit ihr getrunken gestern abend?

Komm Richard, natürlich hast Du das! Keine Ausflüchte jetzt! Deshalb frag' ich Dich ja... ja, ja, ja... das ist ganz was anderes! Das ist ganz was anderes! Ne, ne, ne...

Paß auf, ich erzähl' Dir jetzt lieber noch diesen Witz schnell, also, wie war das jetzt wieder... verdammt... ich seh' den Kaunda noch genau vor mir, wie er's erzählt hat! ...

Geht doch nicht! Ich muß doch nach Malaysia! ...eben. Das ist genau die andere Richtung! Sonst könnten wir natürlich dieselbe Maschine nehmen!

Ja, Mensch! Ich hätt' schon mal gern wieder richtig in aller Ruhe mit Dir geredet! ... Ist aber auch zu blöd. Da ist man schon mal in derselben Stadt...

Bei der Beerdigung vom Strauß lief's doch genauso blöd!

Ich seh' schon, da muß erst wieder einer unter die Erde kommen, damit wir uns mal wieder über den Weg laufen...

Der zum Beispiel. Genau. Das wird der Nächste sein. Und hör mal: Für den wär's ja auch wirklich langsam ein Segen!

––– Ja, ziemlich verfallen schon! Also lang macht der's wirklich nicht mehr... und ich muß sagen: Da freu' ich mich dann auch drauf. Ich bin sicher, das wird nett. Ist ein kleines Land, da sind dann nicht ganz so viel Leute wie hier... nee, das war auch zu viel einfach. Man muß ja auch nicht immer so über die Stränge schlagen gleich. Den Mubarak mußten sie ja dann raustragen, ja... der ist irgendwann einfach umgekippt, hat noch den halben Tisch dabei abgeräumt... insofern warst Du nicht der einzige... wenn ich jetzt nur diesen Witz noch zusammenkriegen würde... und wenn ich den Kaunda jetzt noch mal anrufen muß deshalb... ne!

Moment! Paß auf!

1. April in Oggersheim. Hannelore will sich einen kleinen Scherz mit Helmut machen, morgens um zehn, er liegt noch tief schlafend im Bett, geht sie zu ihm hin, rüttelt ihn aufgeregt wach und ruft: Helmut! Helmut! Wach auf! Telefon! Der Bundeskanzler ist am Apparat! ...

Nee, nee, Moment, der geht ja noch weiter! Der geht ja noch weiter!

Kohl springt also wie von der Tarantel gestochen auf, sagt: »Wie? Der Bundeskanzler?« ... Äh, verdammt... ne, wart doch mal! ... ne, ne, jetzt kommt's doch erst... aber wie ging das noch... ich komm' doch einfach nicht drauf... Mist!

Ne, es hat keinen Sinn. Ich komm' nicht drauf. Ich glaub', ich

muß mich auch erst noch mal hinlegen jetzt... Ja, Du! Ist ja wirklich schade jetzt! Ja... Ich hätt' wirklich gern mal im einzelnen gehört, was Du überhaupt so machst, wie's Dir geht... Schau'n wir das nächste Mal aber wirklich, daß wir mal 'ne Stunde Zeit für einander haben... ja, okay... Lassen wir's uns doch so machen, genau... Du rufst mich an – oder halt, besser, ich ruf' mich an... ja! Erhol Dich mal schön! Ja! Tschüß! Richard! Tschü... Haltstop! Richard! Jetzt weiß ich's wieder! Paß auf: Sie weckt ihn also auf, er springt entsetzt hoch – und sagt: »Der Bundeskanzler am Telefon? Um Gottes willen! Und ich bin noch im Schlafanzug!«
Ist der nicht gut? Ist der nicht gut? Na also. Geht's Dir doch auch gleich wieder besser. Okay. In diesem Sinne. Ciao! Ciao Richard!

Herr und Frau Lehr bekommen einen Anruf

Oktober 1988. Der glücklose Bundestagspräsident Philipp Jenninger muß sein Amt an Rita Süßmuth abtreten. Wer aber soll nun das bisher von ihr gehütete Bundesfamilienministerium übernehmen? Seit Tagen hüllt Bundeskanzler Kohl sich in trotziges Schweigen. Im Prinzip kann es jeden treffen – mehr weiß keiner. Auch nicht die Heidelberger Soziologieprofessorin Ursula Maria Lehr. Doch dann findet sie eines Abends bei der Heimkehr von der Arbeit einen merkwürdigen Brief in ihrer Post. Ihr Mann, der sie im ehelichen Wohnzimmer bereits erwartet, hat sich über diesen Brief ebenfalls schon gewundert:

ER Du, Ursel – da war heut so'n komischer Brief für dich in der Post, vom Bundeskanzleramt oder so ähnlich!
SIE Ja, ich hab' schon gesehen... »Persönlich! Bitte sofort öffnen!« ...merkwürdig...
ER Mach doch mal auf!
SIE Bin ja dabei... – Du! Der ist vom Kohl persönlich!

»Liebe Frau Professor Lehr!
Ich wende mich heute mit einem außergewöhnlichen Anliegen an Sie.
Sie stehen mit beiden Beinen im Leben und blicken auf eine glänzende akademische Karriere als Wissenschaftlerin, aber auch als Ehefrau und Mutter zurück. Viele Jahre des beruflichen wie auch des privaten Aufstiegs und Erfolgs liegen hinter Ihnen. Und doch – haben Sie, liebe Frau Prof. Lehr, wirklich schon alles erreicht, was eine Frau in Ihrer Position erreichen kann?«

...komisch!

Er Da stimmt doch was nicht! Zeig mal her!

Sie Nun laß mich doch erst mal zu Ende lesen!

»Sicherlich werden Sie die politische Diskussion in den letzten Tagen aufmerksam verfolgt haben und sich nun bereits denken können, worauf ich hinaus will: Hätten Sie, liebe Frau Prof. Lehr, Lust, die neue Bundesministerin für Jugend, Familie und Gesundheit zu werden? Mit am Tisch zu sitzen, wenn die politischen Weichen gestellt werden für die Gesellschaft von morgen? Verantwortung zu tragen, Entscheidungen zu treffen, im Rampenlicht der Öffentlichkeit zu stehen?

Ich, liebe Frau Prof. Lehr, würde mich darüber jedenfalls ganz besonders freuen. Denn nach langer, reiflicher Überlegung habe ich beschlossen, dieses hohe und reizvolle Amt niemand anderem als Ihnen, liebe Frau Prof. Lehr, anzubieten!

Ich würde mich freuen, von Ihnen im Rahmen einer persönlichen Begegnung schon in den nächsten Tagen eine Zusage zu erhalten, und verbleibe mit herzlichen Grüßen

Ihr

Dr. Helmut Kohl (Bundeskanzler)«

Ja ist das denn die Möglichkeit! Jetzt bin ich aber platt!

Er Das gibt's doch gar nicht! Zeig mal her jetzt!

Sie Also so was! Also so was!

Er Das ist doch irgend so'n Computer-Formbrief! Das gibt's doch gar nicht!

Sie Aber nein, schau doch! Die Unterschrift ist echt!

Er Da ist doch irgendein Haken dabei. Wie soll der denn ausgerechnet auf dich kommen?! Da sind doch ganz andere im Gespräch! Diese Verhülsdonk, diese Würland-Dingens und wie sie alle heißen! Da ist doch irgendein Haken dabei!

Sie Wieso? Vielleicht wollten die ja alle nicht?

ER Ja eben! Ja eben! Müßte man doch zuallerst mal wissen, warum nicht! Der schreibt doch überhaupt nix Konkretes hier! Für wie lange, für wieviel Geld...

SIE Nun mach doch nicht wieder alles schlecht gleich! Immerhin hat er ja Interesse offensichtlich! Vielleicht hat er sich nur ein bißchen ungeschickt ausgedrückt!

Das Telefon: Ring!

ER Und ich sage dir – paß da auf! Da ist irgendein Haken dabei. Das gibt's doch gar nicht!

Das Telefon: Ring!

SIE *(nimmt den Hörer ab)*Prof. Lehr? Hallo?! Ja? Wie? Herr Kohl?! Ja! Herr Bundeskanzler! Ja! Grade hab' ich Ihren Brief bekommen! Ja! ...

ER Das gibt's doch gar nicht!

SIE Ja... das kommt jetzt alles etwas überraschend für mich... ich weiß gar nicht, was ich dazu sagen soll im Moment...

ER Nix! Gar nix! Sag gar nix! Erst mal ihn kommen lassen!

SIE Ja... ja... ja, Herr Kohl, zutrauen würde ich mir das schon im Prinzip... ja...

ER Was denn? Was denn? Der soll erst mal genau sagen was überhaupt!

SIE Wie? Ja... ach so, ja, Herr Kohl, ich müßt' natürlich zuerst einmal genauer wissen, was überhaupt... ja... aha... aha... ah ja... ja...

ER Jetzt nicht am Telefon! Der soll dir das erst mal schriftlich geben!

SIE Ja... ja... Herr Kohl... äh... ja... jetzt so am Telefon ist vielleicht ein bißchen ungünstig... wie? Neeein, nein, Sie stören überhaupt nicht, es ist nur...

ER Besuch! Sag ihm, wir kriegen gleich Besuch jetzt!

SIE Ja, es ist nur im Moment ein bißchen ungünstig grade, weil wir gleich Besuch kriegen... ja... ja...

ER Warum die anderen das nicht machen wollen!?

SIE Nun sei doch mal ruhig jetzt!! – Wie? Herr Kohl, ach so ja nein, Entschuldigung, ich sprach grad mit meinem... äh... Sohn, der macht hier so einen Lärm mit seinem Spielzeug... ja... wie? Ja, der studiert schon, ja, aber wenn er hier zu Besuch ist, dann holt er doch schon mal wieder seine alten Spielsachen raus, ja... immer wenn man grad beim Telefonieren ist, genau, ich seh' schon, sie kennen das... ja... wie? Ach so! Ja, haha! In Jugend- und Familienpolitik kenn' ich mich insofern schon aus, haha!

ER Laß dich nicht einwickeln jetzt! Laß dich nicht einwickeln jetzt!

SIE Wie? Ja, genau, und Altenpolitik ist ja sowieso mein Spezialgebiet, von daher seh' ich also keine Probleme jetzt...

ER Nix! Wieso denn! Du weißt doch noch gar nix!

SIE Nun sei aber mal still jetzt!!! – Tschuldigung, Herr Bundeskanzler, mein, äh, Sohn wieder... wie gesagt, es ist im Moment grad ein bißchen ungünstig, ja... wie? Neeein, nein, so ist das wirklich nicht gemeint, grundsätzlich bin ich durchaus erst mal interessiert, ja... nein, wie gesagt, ich müßt halt im einzelnen erst noch mal genauer wissen... wie? Na ja, zum Beispiel auch, was das Geld angeht...

ER Nix! Nix! Übers Geld erst mal gar nix!

SIE Bitte? Aha, aha... ja, darüber müßte man dann allerdings noch mal reden, Herr Ko... ja...

ER Sehr gut! Sehr gut!

SIE Und für wie lange wäre das denn überhaupt? ...zwei Jahre? Doch so lang gleich?

ER Nix! Da kommste in den Wahlkampf rein! Da kommste in den Wahlkampf rein!

SIE Ja... ja... ach so, ja...

ER Mach ein Jahr erst mal!!

SIE Ja, Herr Kohl, es ist nur, weil mit Wahlkampf habe ich ja in dem Sinne überhaupt keine Erfahrung erst mal, also vor

Schützenvereinen sprechen und so, also ich weiß nicht...

ER Machst du überhaupt nicht! Kommt gar nicht in Frage!

SIE Wie? Muß ich gar nicht? Ach ja! Ja dann sieht das ja schon wieder anders aus! Ja... ja... Aber nach Bonn müßte ich ja trotzdem ziehen, oder? ...natürlich... ich frage nur, weil das bedeutet dann ja erst mal Wohnungssuche und überhaupt zusätzliche Aufwendungen... ja... Ach, als Dienstwohnung? Ja... ja...
Das wäre mir natürlich sehr recht, ja... Herr Kohl, nur... wäre halt dann noch die Frage mit der Arbeitszeit... ich nehme an, so wie hier an der Universität mit zwei vorlesungsfreien Tagen in der Woche ginge das wohl nicht? ...Neinein, ist mir schon klar, nein, ich frage nur... ja sicher, wenn das bei Ihnen grundsätzlich nicht üblich ist... ja...

ER Jetzt gib doch nicht gleich schon nach! Der kann dir viel erzählen am Telefon!

SIE Ja... Herr Bundeskanzler, nur... wie gesagt... ja... nur jetzt so schnell am Telefon... ja...

ER Wir kriegen Besuch gleich!

SIE Wie? Nein, heute abend ist ganz schlecht, leider, wir kriegen wie gesagt Besuch gleich... ja...

ER Genau! Der soll morgen zu dir in die Sprechstunde kommen!

SIE Ja, leider... ja... ja... Herr Kohl, wenn Sie doch eh grade in Ludwigshafen sind, dann können wir uns doch vielleicht gleich morgen vormittag treffen? Ist doch für Sie dann nur ein Katzensprung hier herüber nach Heidelberg... ja...

ER Morgen um elf Uhr zu dir in die Sprechstunde!

SIE Ja... genau, um elf Uhr hab' ich sowieso Sprechstunde am Institut... ja... prima! Dann machen wir's doch so! Ja... unbedingt, Herr Kohl, unbedingt! Ja... es ist nur so,

Herr Kohl, daß jetzt wirklich jeden Moment unser Besuch kommen kann... ja... ja...

ER Soll ich mal rausgehen und an der Tür klingeln? – Ich geh' mal raus und klingel, okay?! *(ab)*

SIE Nein, nein, prinzipiell seh' ich da überhaupt keine Schwierigkeiten mehr jetzt... nein... nein... grundsätzlich müßte ich das natürlich noch mal überschlafen – aber grundsätzlich – ja! ...ja... natürlich! Natürlich! ...aber selbstverständlich, Herr Bundeskanzler...

Die Türklingel: Ding-dong!

SIE Au wei, da klingelt's jetzt schon! ...Wie? Dienstwagen? ...Ach so, Dienstwagen! Ja sehr schön! ...Nein, ich hatte sie nur grad rein akustisch nicht verstanden, weil, da steht jetzt schon unser Besuch vor der Tür und klingelt... ja... ja...

Die Türklingel: Ding-dong!

SIE Ja... Herr Ko... Mercedes 500? Mit Chauffeur?! Ja prima! Es ist nur so jetzt... Und Autotelefon! Ja toll! Herr Kohl, es hat jetzt schon zum zweitenmal geklingelt hier... das können wir ja dann auch alles noch morgen früh...

Die Türklingel: Ding-dong! Ding-dong!

SIE Minibar? Wieso Minibar? ...ach so, ja... nein, brauchen Sie nicht extra ausbauen zu lassen, wenn mein Mann mal mitfährt, dann trinkt er bestimmt schon mal ganz gerne eine Kleinigkeit...

Die Türklingel: Ding-dong! Ding-dong!

SIE Herr Kohl, nicht daß ich unhöflich sein möchte, aber ich muß mich jetzt wirklich um meine Gäste küm... Genau! Den Weg finden Sie sofort, das ist so'n großes Gebäude... UNIVERSITÄT, ja, mit »V«, wie man's spricht...

Die Türklingel: Ding-dong! Ding-dong! Ding-dong!

SIE Herr Kohl, jetzt muß ich wirklich... elf Uhr! Geht in

Ordnung! Der Pförtner weiß dann Bescheid, der führt Sie dann zu mir ... ja! Ja! Ich mich auch! Bis dann! Wiederhören, Herr Kohl! Wiederhör'n!

Die Türklingel: Ding-dong!

Sie Kannst aufhören zu klingeln! Er hat aufgelegt!

Eine Urlaubsbegegnung

Um eine Beschlagnahme dieses Buchs zu verhindern, mußten wir den folgenden Text leider mit einigen schwarzen Balken versehen. Sie machen Äußerungen des Bundespräsidenten Richard von Weizsäcker unkenntlich, die dieser in einem ganz privaten Rahmen getan hat – und die Privatsphäre von Staatsoberhäuptern genießt bei uns nun einmal einen ganz besonders strengen Rechtsschutz. Aber wie wir gleich sehen werden, gelingt es natürlich ab und an beherzten Mitbürgerinnen und Mitbürgern, dennoch in diese Privatsphäre einzudringen. Hier nämlich kann z. B. das Ehepaar Sybille und Joachim Grube den Bundespräsidenten bei seinem Versuch, in der Gegend von Bad Tölz einige Tage inkognito Urlaub zu machen, am Tisch eines Ausflugslokals stellen. Das heißt: In diesem Moment stehen die Grubes noch unschlüssig einige Meter von Weizsäckers Tisch entfernt – aber gleich werden sie sich ein Herz fassen:

HERR GRUBE Und wenn er's doch nicht ist?

FRAU GRUBE Aber natürlich ist er's! Jetzt gehen wir einfach hin und sprechen ihn an!

HERR GRUBE Das geht doch nicht! Der will doch auch mal seine Ruhe haben im Urlaub!

FRAU GRUBE Nur kurz! Komm! Nur um zu sehen, ob er's wirklich ist!

HERR GRUBE *folgt nur widerwillig* Da können wir doch genausogut die Kellnerin fragen!

FRAU GRUBE Entschuldigen Sie, wenn wir Sie einfach so ansprechen – aber sind Sie nicht der Herr von Weizsäcker?

VON WEIZSÄCKER [redacted]

FRAU GRUBE Hörst du, Joachim? Was hab' ich dir gesagt!

HERR GRUBE Äh ja... sehr erfreut! Grube ist mein Name. Darf ich vorstellen: Meine Frau Sybille – Sybille, Herr von Weizsäcker...

FRAU GRUBE Der Herr Bundespräsident persönlich! Also so

was! Mein Mann wollte es mir ja nicht glauben – aber ich hab' zu ihm gleich gesagt: Das ist er!

VON WEIZSÄCKER [redacted]

HERR GRUBE Ich hoffe, wir stören nicht?

FRAU GRUBE Mein Mann ist ja ein so großer Verehrer von Ihnen! Also ich natürlich auch, aber er hat mich überhaupt erst draufgebracht!

HERR GRUBE Herr Bundespräsident, wir wollen Sie aber wirklich nicht stören!

VON WEIZSÄCKER [redacted]

HERR GRUBE Oh – sehr freundlich von Ihnen! Gerne!
er setzt sich

FRAU GRUBE *setzt sich nicht, sondern holt den Fotoapparat hervor*
Also so was! Also so was! Ich muß sofort ein paar Fotos machen, sonst glaubt uns das zu Hause kein Mensch!

HERR GRUBE Ja, also, Herr von Weizsäcker, im Prinzip würde ich Ihnen nur gerne einmal sagen, wie gut mir Ihre Reden immer gefallen...

VON WEIZSÄCKER [redacted]

HERR GRUBE Ich meine, ich kann das alles wahrscheinlich nicht so richtig beurteilen, ich habe überhaupt erst vor zwei Jahren angefangen, mich mit Politik und so zu beschäftigen...

FRAU GRUBE *umrundet beim Fotografieren den Tisch*
Herr Bundespräsident! Joachim! Kuckuck!

HERR GRUBE Wir haben uns also zum Beispiel vor zwei Jahren erst überhaupt einen Fernseher angeschafft, davor hatte ich schon beruflich überhaupt keine Zeit...

FRAU GRUBE Kuckuck! Herr Bundespräsident! Joachim! Läch-eln!

HERR GRUBE Also insofern heißt das jetzt auch nicht viel, wenn ich Ihre Reden gut finde – ich wollt's halt nur mal sagen, weil, die bringen mich wirklich immer so auf ganz neue Gedanken...

von Weizsäcker [redacted]?

Herr Grube Tja, was für Gedanken... das kann ich jetzt schlecht sagen im einzelnen, die meisten vergißt man mit der Zeit natürlich wieder... na ja, so Gedanken halt...

Frau Grube Jetzt lächelt doch mal! Hierher! Kuckuck!

Herr Grube Sybille, jetzt laß doch mal! Ist doch gut jetzt!

Frau Grube Dan-ke! Das war's doch schon!

setzt sich jetzt auch dazu

Aber beschwer dich bitte hinterher nicht wieder, wenn du auf allen Fotos wieder ein Truthahngesicht machst! – Finden Sie nicht auch, Herr von Weizsäcker? Wenn er so guckt, sieht er doch wirklich ein bißchen aus wie ein Truthahn!

von Weizsäcker [redacted]...

Frau Grube Hörst du? Der Herr von Weizsäcker findet das auch!

Herr Grube Sybille, also wirklich!

Frau Grube Mein Mann hat sich jetzt für den Urlaub sogar extra das Grundgesetz mitgenommen, auf Ihre Rede hin neulich in Dingens... äh...

Herr Grube Sybille, was interessiert das denn den Herrn von Weizsäcker.

Frau Grube Du hast es doch sogar eingesteckt heute morgen, bevor wir losgewandert sind! Hol's doch mal raus grade!

Herr Grube Wie? Wieso?

Frau Grube Das Grundgesetz! Gib doch mal her, dann lassen wir's uns vom Herrn von Weizsäcker signieren!

Herr Grube Wie? Ach so, ja... meinetwegen... hier, da ist es...

Frau Grube Herr von Weizsäcker – wären Sie so freundlich?

von Weizsäcker [redacted]...

Frau Grube Das ist wirklich ganz reizend von Ihnen, vielen herzlichen Dank!

HERR GRUBE Wenn das Grundgesetz jetzt schon 40 Jahre alt ist, Herr von Weizsäcker, dann müssen Sie ja noch ziemlich jung gewesen sein, als Sie das geschrieben haben?!

VON WEIZSÄCKER [redacted].

HERR GRUBE Nicht? Ach so... aha... ja, sehen Sie: Von diesen ganzen Sachen versteh' ich halt überhaupt nichts... Bin ja auch schon mit sechzehn raus aus der Schule... Jetzt habe ich die ganze Zeit immer gedacht, Sie schreiben Ihre Texte alle selber...

FRAU GRUBE Ist doch überall so?! Der Otto läßt sich seine Witze z. B. doch auch von anderen schreiben?!

HERR GRUBE Welcher Otto?

VON WEIZSÄCKER [redacted].

FRAU GRUBE Ach so? Die Reden doch? – Na ja, aber das ist ja klar eigentlich: Das müssen ja Ihre eigenen Gedanken sein, so, wie Sie das immer vortragen, ich mein', so persönlich und so...

HERR GRUBE Welcher Otto?

FRAU GRUBE Aber sagen Sie mal, was mich in diesem Zusammenhang schon immer interessiert hat: Wie kommen Sie eigentlich überhaupt immer auf Ihre ganzen Gedanken? Ich meine, es muß Ihnen ja ständig was Neues einfallen, egal wo Sie auftreten, oder? Also ich zum Beispiel hab' ja schon Schwierigkeiten, meine Urlaubspostkarten immer vollzukriegen!

HERR GRUBE Na ja, aber wahrscheinlich hat er halt auch studiert! – Sie haben doch bestimmt studiert, Herr von Weizsäcker, oder?

VON WEIZSÄCKER [redacted].

HERR GRUBE Sehen Sie, das dachte ich mir doch schon immer... tja. Da kann unser einer natürlich nicht mithalten...

FRAU GRUBE *wühlt in ihrer Handtasche* Wo sind denn meine

Postkarten? Ich hab' doch sogar welche einstecken, meine ich...

VON WEIZSÄCKER [redacted]?

HERR GRUBE Ich? Ich bin Fahrlehrer.

VON WEIZSÄCKER [redacted]?

HERR GRUBE Selbständig, ja. Also allein von daher hatte ich halt auch nie Gelegenheit, mich mit solchen Sachen zu beschäftigen... tagsüber Fahrstunden, abends theoretischer Unterricht...

FRAU GRUBE Wo sind sie denn bloß...

HERR GRUBE Ich meine, ich hab' schon immer versucht, mir selbst so Gedanken zu machen, aber so gut wie Sie kann ich das natürlich nicht.

FRAU GRUBE Da! Na also! Wußte ich's doch! – Herr von Weizsäcker, schau'n Sie: Da ist überall noch soviel Platz drauf! Wollen Sie da nicht auch noch mit unterschreiben?

VON WEIZSÄCKER [redacted]...

HERR GRUBE Sybille! Bitte!

FRAU GRUBE Ach bitte, Herr von Weizsäcker! Sonst glaubt uns doch niemand, daß wir hier Sie getroffen haben!

VON WEIZSÄCKER [redacted]...

FRAU GRUBE Sie brauchen doch nur zu schreiben: Herzliche Grüße auch von Ihrem Richard von Weizsäcker, muß ja gar nichts Intelligentes sein...

VON WEIZSÄCKER [redacted].

FRAU GRUBE Na also! Das ist wirklich sehr nett von Ihnen!

VON WEIZSÄCKER *beginnt zu unterschreiben*

HERR GRUBE Herr von Weizsäcker, glauben Sie, daß es einen Gott gibt? Ich meine, von irgendwoher muß das doch alles kommen, der Weltraum, die Sterne – das kann doch nicht einfach alles aus dem Nichts entstanden sein?

DIE KELLNERIN Grüß Gott! Was darf ich Ihnen bringen?

HERR GRUBE Wie? – Ach so, ja! – Herr von Weizsäcker, darf ich Sie zu irgend etwas einladen? Zu einem Eis? Oder einem Spezi? – Haben Sie Eis?

KELLNERIN Ja freilich.

VON WEIZSÄCKER *erhebt sich* [redacted].

HERR GRUBE *erhebt sich ebenfalls*
Wie? Ach so, natürlich, ich hoffe, wir haben Sie jetzt nicht irgendwie aufgehalten...

FRAU GRUBE Sind Sie denn noch länger hier in der Gegend?

VON WEIZSÄCKER [redacted]...

FRAU GRUBE Dann rufen Sie uns doch einfach noch mal an! Wir wohnen im Grünen Baum, vielleicht gehen wir ja noch mal zusammen Essen oder so! Ich würde ja auch Ihre Frau so gerne mal kennenlernen!

VON WEIZSÄCKER [redacted]!

HERR GRUBE Hat mich wirklich sehr gefreut, Herr von Weizsäcker!

FRAU GRUBE Auf Wiedersehen, Herr von Weizsäcker! Und wie gesagt...

VON WEIZSÄCKER [redacted]!

FRAU GRUBE Auf Wiedersehen! Und vielen Dank für die Postkarten!

Gänseblümchen

November 1988 auf dem Friedhof von Rott am Inn. Seit vier Wochen liegt hier Franz Josef Strauß begraben. Und nun steht an seinem Grab einsam und gramgebeugt ein Mann. Nennen wir ihn Werner. Und haben wir Verständnis für seinen Kummer: Werner war viele Jahre lang der Vorsitzende der »Stopt Strauß Initiative Germering e. V.«. Dieser Besuch am Grab des Erbfeinds ist seine letzte Amtshandlung. Zur Auflösung der Initiative hat er alle alten Mitstreiter noch einmal hierher gebeten. Aber nur einer – nennen wir ihn Achim – kommt. Hier tritt er gerade neben den Trauernden und begrüßt ihn mit gedämpfter Stimme:

ACHIM Grüß dich, Werner…
WERNER Achim! Schön, daß du gekommen bist!
ACHIM Wo sind denn die anderen?
WERNER Weiß nicht. An sich war's um die Zeit ausgemacht.
ACHIM Warten wir halt noch ein paar Minuten.
WERNER ---
ACHIM ---
WERNER Tja, da liegt er nun…
ACHIM Komisches Gefühl irgendwie.
WERNER Eigentlich sollte ich mich ja freuen, aber irgendwie…
ACHIM *deutet auf den Grabstein*
Schreibt sich das nicht mit Bindestrich?
WERNER Wie?
ACHIM »Franz Josef« steht da ohne Bindestrich. Ich dachte immer, das schreibt sich mit Bindestrich.
WERNER Nein, nein, ohne ist schon richtig.
ACHIM Echt? Komisch. Jetzt hab' ich all die Jahre immer geglaubt, der schreibt sich mit Bindestrich… wie wenig man letztlich doch weiß voneinander…

WERNER ---

ACHIM ---

WERNER Letzte Woche war ich schon bei der Gemeindeverwaltung, uns abmelden.

ACHIM Wie?

WERNER Na, uns aus dem Vereinsregister streichen. Irgendeiner mußte es ja machen.

ACHIM Tja, eine andere Möglichkeit gab's wohl nicht.

WERNER Tut mir schon weh, wie das alles jetzt einfach auseinanderbricht.

ACHIM Wir hätten ja auch weitermachen können! Als »Stopt-Streibl-Initiative«. Oder »Stopt-Stoiber« ...

WERNER --- ?!??

ACHIM War ja nur 'n Vorschlag.

WERNER Nächstes Jahr hätten wir 25jähriges Bestehen feiern können.

ACHIM Weißt du noch, wie wir damals seine Frau entführen wollten?

WERNER Wir? Du wolltest, daß wir sie entführen. Wir nicht.

ACHIM Echt? Kam die Idee von mir damals?

WERNER Solche Ideen kamen doch immer nur von dir.

ACHIM Tatsächlich? Ist mir nie so aufgefallen...

WERNER *Bückt sich und rückt eine Schleife zurecht*

ACHIM Aber bei ihrem Autounfall, da hatten wir doch die Finger drin irgendwie...

WERNER Was? Wie kommst du denn da drauf?

ACHIM Ich hatte damals das Gefühl, wir hätten irgendwie die Finger drin gehabt bei diesem Autounfall, nur vor mir hätte man das verheimlicht.

WERNER Quatsch. Wir haben nie was verheimlicht vor dir. Was hätten wir denn verheimlichen sollen vor dir?

ACHIM Na, grad solche Sachen eben.

WERNER Quatsch.

ACHIM ---

WERNER ---

ACHIM Weißt du schon, was du jetzt als Nächstes machst? Gehst in den Untergrund oder so?

WERNER Achim! Wie kommst' denn nur auf so was? Der einzige, der in all den Jahren wollte, daß wir was Illegales drehen, das warst du.

ACHIM Ich frag' ja nur.

WERNER --- Komm, Achim, jetzt brauchst du mir doch nichts mehr vorzumachen. Du arbeitest für den Verfassungsschutz, stimmt's?

ACHIM Iiiich?! Na hör mal...

WERNER Die ganzen Jahre schon, stimmt's?!

ACHIM Iich?! Nie im Leben! Spinnst du, oder was?

WERNER Und dein Deckname ist »Gänseblümchen«, stimmt's?

ACHIM --- Woher weißt du das?!!!

WERNER Ich hab's die ganze Zeit schon gewußt, von deinem ersten Tag an. Ich hab' dich zufällig beim Telefonieren belauscht damals. »Hier Gänseblümchen, ich rufe Alpenveilchen« ---

ACHIM Waaas? So lange wißt Ihr das schon?

WERNER 24 Jahre, um genau zu sein.

ACHIM Und ihr habt mir nie was davon gesagt?

WERNER Damit du gehst und irgendein anderer an deiner Stelle kommt? Wozu denn?

ACHIM O Gott. O gottogottogott.

WERNER Abgesehen davon warst du doch ein großartiger Mitarbeiter. Immer warst du zur Stelle, bei keiner Sitzung hast du gefehlt, bei Demonstrationen immer in vorderster Front...

ACHIM Und alle haben das gewußt? Die ganze Zeit?

WERNER Ist das denn noch so wichtig jetzt?

ACHIM O gottogottogott.

WERNER Wie gesagt: *Wir* wollten ja nie was Illegales. Aber du hast es uns ja nicht glauben wollen.

ACHIM Gänseblümchen, der Trottel vom Verfassungsschutz... das find ich so was von gemein von euch...

WERNER Daß du Gänseblümchen heißt, hab' nur ich gewußt.

ACHIM Lächerlich hab' ich mich gemacht, all die Jahre hab' ich mich einfach nur lächerlich gemacht...

Schlägt schluchzend die Hände vors Gesicht

WERNER --- Hast du dir diesen Namen selbst ausgedacht?

ACHIM Wie?

WERNER Na, »Gänseblümchen«. Hast du dir das selbst ausgedacht?

ACHIM Seh' ich so aus? Den hab' ich amtlich verpaßt gekriegt damals... ogottogottogott...

WERNER Jedenfalls freu' ich mich trotz alledem, daß wenigstens du heut noch mal gekommen bist...

ACHIM Wer weiß wie oft hab' ich versucht, einen anderen Namen zu kriegen... »Winnetou« zum Beispiel. Oder »Tiger«...

WERNER Und?

ACHIM Einmal haben wir sogar alle zusammen eine Petition an ihn hier geschrieben – ohne Erfolg.

WERNER Wer – »wir«?

ACHIM Na, wir Außendienstler eben. Wir haben doch alle so blöde Decknamen. Er hat uns nicht einmal geantwortet, dieser eingebildete Sack dieser.

Tritt wütend nach einem Kranz

WERNER Na, na, na!

ACHIM Ist doch wahr. Bringen Sie uns erst mal Ergebnisse, hat es immer nur geheißen, dann können wir vielleicht auch mal über einen neuen Decknamen für Sie reden... ach, Scheiße!

WERNER Na ja! So gesehen warst du bei uns natürlich an der völlig falschen Adresse...

ACHIM Wenigstens einen Hochspannungsmasten hättet ihr doch mal sprengen können, mir zuliebe!

WERNER Hör mal, wir haben dir immer gesagt: Wir sind hier nicht der Schwarze Block, wir sind die Stopt-Strauß-Initiative Germering e. V.

ACHIM Jetzt gib bloß auch noch mir die Schuld...

WERNER Nun komm, nun komm, jetzt beruhige dich erst mal wieder.

ACHIM »Tiger!« Ist es denn wirklich schon zuviel verlangt wenn man lieber »Tiger« heißen möchte als »Gänseblümchen«?

WERNER Komm, Tiger! Komm! Wir haben hier aus der Vereinskasse noch 272 Mark 50, von den anderen kommt eh keiner mehr, dann geh'n wir mit dem Geld noch mal schön was Essen zusammen, und von dem Rest kaufen wir ihm noch ein schönes Gesteck.

Wendet sich zum Gehen

ACHIM *tritt noch einmal nach dem Grab*

Dem? Ein Gesteck? Das wär' wohl ja noch schöner!

WERNER *zieht ihn mit sich*

Nun komm, du mußt doch jetzt nicht alles schlecht machen im Nachhinein. Weißt du noch, wie wir damals in Vilshofen das Transparent enthüllt haben mitten während seiner Aschermittwochsrede? Und wie wir damals auf dem Marienplatz mit unseren Trillerpfeifen...

beide ab

Staatsbegräbnis in Tokio / 2. Bild

Tokio, 24. Februar 1989. Der kaiserliche Palast ist nicht der einzige Ort, an dem es an diesem Abend hoch hergeht. Auch für die diplomatischen B-Kader der 163 Trauerdelegationen findet ein festlicher Empfang statt – an einem profaneren Ort zwar, im Festsaal III des Hotels Nippon International, aber mit nichtsdestotrotz kaum weniger interessanten Gästen: Die Bundesrepublik Deutschland etwa wird immerhin durch Bildungsminister Jürgen Möllemann und durch Gerold Tandler, den außenpolitischen Beauftragten der CSU, vertreten. Den beiden fehlt es allerdings noch an einer gewissen Geläufigkeit auf internationalem Parkett. Und so sehen wir sie denn auch eher etwas am Rande des Empfangs herumstehen, mit längst schon leeren Cocktailgläsern und etwas gemischten Gefühlen:

MÖLLEMANN Sehen Sie, Herr Tandler – wie ich gesagt habe: So langsam wird's ja jetzt doch noch voll. Spät kommen sie, aber sie kommen.

TANDLER Die ha'm wahrschein's auch alle erst ewig rumsuchen müssen, bis sie des überhaupt mal g'funden haben hier. Ich versteh wirklich nicht, warum die den Empfang auch ausgerechnet hier machen müssen.

MÖLLEMANN Ist aber eine sehr gute Adresse an und für sich, das NIPPON INTERNATIONAL! Da sind ständig solche Empfänge! Und der Genscher steigt hier auch schon mal öfters ab!

TANDLER Dann muß man sich aber auch ein bißchen kümmern um seine Gäste. Da kommen die Leut extra um den halben Globus hierhergeflogen, und dann müssen sie hier durch die Korridore irren und sich erst beim Personal durchfragen, wo das überhaupt ist! Da kann man doch zumindest einen roten Teppich hinlegen vom Eingang zum Festsaal und ein paar Fähnchen aufstellen als Wegweiser!

MÖLLEMANN Kann doch mal passieren, daß was nicht so klappt, bei so einem Riesenereignis.

TANDLER Wetten, daß bei dem andern Empfang alles klappt? Beim Weizsäcker und beim Genscher haben's den roten Teppich und die Fähnchen bestimmt nicht vergessen. – Herr Ober?!

MÖLLEMANN Na und? Dafür geht's bei denen auch um so langweiliger zu. Sitzen alle bloß steif herum und reden übers Wetter. Hier ist doch wenigstens was los.

TANDLER So? Was denn ist hier bitteschön los, Herr Möllemann?

MÖLLEMANN Na, hören Sie mal! Die Leute, auf die's wirklich ankommt, sind doch alle hier! Die haben doch was Besseres zu tun, als mit dem neuen japanischen Kaiser Tee zu trinken! – Da drüben zum Beispiel, der da grade reingekommen ist: Ist das nicht der Mendybajew?

TANDLER Mendybajew? Wer soll denn das sein? – Herr Ober!!

MÖLLEMANN Aber Herr Tandler! Walerij Mendybajew! Der kommende Mann in der KPdSU! Ganz heißer Politbüro-Kandidat! – Und seh'n Sie mal, wen er da grade begrüßt! Das gibt's doch gar nicht! Das ist doch der Kashoggi!

TANDLER Sagt mir jetzt erst mal auch nix, der Name.

MÖLLEMANN Nun sagen Sie bloß, Sie haben noch nie was von Kashoggi gehört! Ohne den können Sie im Nahen Osten doch nicht einmal eine Schachtel Platzpatronen verkaufen! – Was der wohl nur zu bereden hat mit dem Mendybajew?

TANDLER Mich tät mehr interessieren, was der da wohl grad zu trinken gekriegt hat. – Herr Ober!!!

MÖLLEMANN Aber ganz klar! Das muß er sein! – Und da vorne, der an der Säule mit der Glatze, das ist meines Erachtens der Dings, na!, der Wahlkampfleiter vom Bush, wie heißt er gleich wieder...

Tandler Der Mosbacher?

Möllemann Ja, genau! Mosbaker! Robert Mosbaker! Sehen Sie, den kennen Sie jetzt auch.

Tandler Natürlich kenn ich den Mosbacher. Der hat doch damals g'lernt bei uns. War vor drei Jahren auf einem Intensivkurs für CSU-Wahlkampfmethoden in Altötting.

Möllemann Eeecht?

Tandler Aber das da ist nicht der Mosbacher. Der Mosbacher schaut ganz anders aus. – Herr Ober?!!!

Möllemann Sind Sie sicher? Kennen Sie ihn denn dann so richtig persönlich?

Tandler Der schickt mir jetzt noch jedes Jahr zu Weihnachten eine Postkarte. – Herr Ober!!!!!!

Möllemann Aber der wird doch jetzt sogar Handelsminister beim Bush!

Tandler Also, des gibt's doch einfach nicht! Eins kann ich Ihnen sagen, Herr Möllemann: Was die Japaner sich hier leisten, des hätten mir uns nie erlauben dürfen bei der Beerdigung vom Strauß. Schaun's: Als erstes müßten hier im Saal doch schon mal unbedingt überall Nationalflaggen hin. Ich seh' grad mal eine einzige. Überhaupt müßte alles in den Nationalfarben sein. Die Blumen zum Beispiel. 's bräucht auch viel mehr Blumen. 's bräucht mehr Blumen, 's bräucht mehr Stimmung, 's bräucht mehr Glanz, und 's bräucht mindestens dreimal soviele Ober. Zahlt doch alles der Staat! Und in die Mitte g'hört eine große Drehscheibe hin mit einem BMW drauf aus der neuen Siebener-Serie.

Möllemann Wieso denn das?!

Tandler 's sind einfach die Besten, die neuen Siebener. Da gibt's nix.

Möllemann Nein, ich meine: Warum überhaupt eine Drehscheibe mit einem Auto drauf? Wird das dann verlost, oder was?

TANDLER Nein, einfach nur so! Das machen wir schon immer so. Egal, ob Parteitag oder Klausurtagung oder Staatsbegräbnis – wir stell'n da immer irgendwo einen BMW auf einer Drehscheibe hin. Des kommt immer ausgezeichnet an.

MÖLLEMANN Tatsächlich? Na ja, aber das kann man doch jetzt nicht so ohne weiteres auf japanische Verhältnisse übertragen!

TANDLER Wieso denn nicht? Dafür haben's hier erst mal überhaupt nix. Da hätte ich mir wirklich viel mehr erwartet von den Japanern. – Herr Ober!?!

MÖLLEMANN Ich find das gar nicht so schlecht, wenn die Atmosphäre mehr so sachlich ist. Da kann man doch besser auch mal das eine oder andere Hintergrundgespräch führen...

TANDLER Da merk' ich aber bisher nix von, Herr Möllemann. Ich tät sagen, wir stehen bisher nur blöd rum die ganze Zeit.

MÖLLEMANN Geduld, Herr Tandler, Geduld! Ich bin halt noch nicht ganz so weit.

TANDLER Wieso nicht? Jetzt gehn wir einfach hin zu Ihrem Kashoggi und zu Ihrem Mendybajew, und Sie stellen mich den beiden vor. Los!

MÖLLEMANN Momeent! Momeent! Jetzt lassen Sie mir doch bitte noch ein paar Minuten Zeit, ich meine, ich kann doch nicht so einfach – – – Oh! Seh'n Sie mal, wer da kommt, Herr Tandler! Der Takeshda! Der japanische Ministerpräsident persönlich! Wahn-sinn!

TANDLER Und da kommt ein Ober. Ey! Herr Ober!! – – – Wissen's was, Herr Möllemann: Wenn ich jetzt nicht gleich was zu trinken bekomme, dann können's Ihre Hintergrundgespräche mit sich selber führen. Dann haben's mich gesehn für heute abend.

MÖLLEMANN Meinen Sie nicht, Sie hätten schon genug ge-

v. l. n. r.: Gerold Tandler und Jürgen Möllemann

trunken, Herr Tandler?! – Da! Jetzt spricht er grad mit dem Kashoggi und dem Mendybajew!

TANDLER Ein Scheißempfang ist das. Da wird der japanische Kaiser höchstpersönlich beerdigt, und die Gäste kriegen nicht mal was zum Trinken!

MÖLLEMANN Herr Tandler! Bitte! Der TAKESHDA! Der kommt direkt auf uns zu! Reißen Sie sich um Himmels willen zusammen jetzt! Der kommt direkt auf uns zu!

TANDLER Wos bin I?

MÖLLEMANN Herr Tandler! Bit-te! Das gibt's doch gar nicht! Der kommt direkt zu uns!
Good evening, Sir! I'm very pleased to meet you! – – MÖLLEMAN, yes, Jürgen MÖLLEMAN. Minister of Education Of Germany. And this is Mr. TANDLER, special Beauftragter – – was heißt denn jetzt Beauftragter auf Englisch – – äh, delegate for foreign policy of the CSU – in Bavaria, you know? The party of FRANZ JOSEF STRAUSS... yes! Exactly!

TANDLER Grüß Gott!
– Was sagt er?

MÖLLEMANN Er sagt, er hat unsere Namen eben erst im Gästebuch entdeckt und freut sich sehr, zwei so hochrangige deutsche Politiker hier begrüßen zu dürfen.

TANDLER Zeit wird's ja auch.

MÖLLEMANN I thank you very much, Mr. Takeshda! We are very pleased to meet you, Mr. Takeshda – what?... Oh, I'm sorry, yes, of course, Mr. Nakamuru, how could I only mistake you! Please excuse me, Mr. Nakamuru, but this is all so exciting... yes... yes...

TANDLER Was reden S' denn da?

MÖLLEMANN Das ist gar nicht der Takeshda. Das ist der Nakamuru. ... Yes... yes...

TANDLER Und wer soll jetzt des schon wieder sein?!

MÖLLEMANN Keine Ahnung. – Oh, yes! Absolutely!... I see... I see...

TANDLER Vielleicht ist er ja ein Ober? Fragens' ihn doch mal, ob er ein Ober ist?!

MÖLLEMANN Herr Tandler! Bitte!

...hahaha! ...yes ...yes... we only had some difficulties in finding the way to here... and... yes! Yes! – We wonder, if perhaps you could introduce us to Mr. Mendybajew and Mr. Kashoggi?! – Pardon? Who? Oh – I seem to be out of my mind today... I thought I was sure that these gentlemen...

TANDLER Was sagt er? Was sagt er?

MÖLLEMANN Das da drüben sind gar nicht der Mendybajew und der Kashoggi. – Yes... yes... Oh! Of course we would like to! Thank you! – Äh – WHAT? ...But... but... we thought äh... so this is not the ...äh...

TANDLER Und was sagt er jetzt?

MÖLLEMANN Er hat uns gerade gefragt, ob wir mit ihm nach dort hinten mit an die Bar kommen wollen, um mit der Verlagsleitung anzustoßen.

TANDLER Ja klar, mach 'mer des! Los! Gemma!

MÖLLEMANN VERLAGSLEITUNG, Herr Tandler! VERLAGSLEITUNG! Wir sind hier gar nicht auf dem Empfang der japanischen Regierung. Wir sind hier auf dem Empfang für die internationale Presse von READER'S DIGEST TOKIO.

...Yes? So I think this is an error, I mean, we wanted to go to the... äh... funeral party for Mr. Tenno – quatsch! – for your Kaiser ...äh... I mean...

TANDLER Wos bin I? Wos bin I?

MÖLLEMANN What a pity, I mean, how shall I say... where? Other entrance? And how? ...äh... Red carpet? From the entrance right to the hall?

TANDLER Was ist denn jetzt? Gemma jetzt einen trinken mit denen oder nicht?

MÖLLEMANN Halten Sie jetzt um Gottes willen die Klappe,

Herr Tandler! Ich erklär's Ihnen später! – Yes? A-ha! And little flags along the way? Yes, I think that we can find that…

TANDLER Wos bin I?

MÖLLEMANN And please excuse us very much. I'm terribly sorry – Wir sind durch den falschen Eingang rein, der Regierungsempfang ist im anderen Gebäudeflügel… – so, äh, yes, äh – good bye, Mr. Nakamuru, and thank you, äh –

TANDLER Wos bin I?

MÖLLEMANN Kommen Sie jetzt endlich, Herr Tandler! Weg hier! Schnell!

Letzte Meldung (9. 11. 1989)

Menschliche Tragödie um Erich Honecker.

OSTBERLIN. Offenbar in geistiger Umnachtung hat sich heute abend gegen 21 Uhr der ehemalige SED-Vorsitzende Erich Honecker, aus Protest gegen die Öffnung der deutsch-deutschen Grenzübergänge, beim Brandenburger Tor an die Mauer gekettet.

Honecker, der angeblich bewaffnet ist und auch droht, von seiner Waffe gegen jeden Grenzverletzer ohne zu zögern Gebrauch zu machen, fordert Augenzeugenberichten zufolge eine sofortige Unterredung mit Bundeskanzler Dr. Konrad Adenauer.

Um ein Blutbad zu vermeiden, erwägen die DDR-Grenzbehörden nun eine letztmalige Anwendung des Schießbefehls gegen den greisen Ex-Diktator.

Leichte Unterhaltung

Der Höreranruf

Tagtäglich werden wir am Bildschirm Zeuge, wie Fernsehgeiseln genommen werden. Mit dem Ruf: »Wir sind vom Fernsehen und wollten Sie mal überraschen!« dringen ganze Kamerateams in Privatwohnungen ein, Showmaster zerren ahnungslose Zuschauer auf die Bühne, verschreckten DDR-Bürgern werden bananenförmige Mikrophone zwischen die Zähne geschoben.
Der Hörfunk ist in dieser Hinsicht menschenfreundlicher. Bei vielen Sendungen kann der Rundfunknehmer während der letzten zehn Minuten einer Sendung per Telefon seine Meinung dazu sagen oder er kann eine Frage stellen.

ROGLER Ja, mein Name ist Rogler, ich rufe aus Köln an... hallo?

MODERATOR Ja...

ROGLER Herr Schmitz?

MODERATOR Ja, am Apparat.

ROGLER Grüße Sie... äh, ja, mein Problem ist, daß ich schon ein Problem habe, oder besser eine Frage zu einem Problem, das in Ihrer Sendung behandelt wurde... es ist nur... äh... wie soll ich das sagen...

MODERATOR Ja bitte, Herr Rogler!

ROGLER Ja danke, Herr Schmitz, die Frage ist nur, was wir daraus machen...?

MODERATOR Das einfachste wird sein, Sie stellen Ihre Frage zunächst mal.

ROGLER Das ist eben die Frage, ob ich sie stellen soll, mal rein zeitmäßig gesehen, Herr Schmitz, reicht die Zeit aus?

MODERATOR Herr Rogler, dazu müßte ich Ihre Frage erstmal kennen.

ROGLER Gebe ich Ihnen einerseits recht, Herr Schmitz – andererseits, wenn die Frage erstmal gestellt ist und wir dann zum Schluß kommen, daß wir sie schon rein zeitmäßig gar nicht behandeln können, dann ist weder Ihnen noch mir geholfen, im Gegenteil, wir haben uns völlig unnötig ein Problem geschaffen...

MODERATOR Herr Rogler, bevor wir ins Philosophieren kommen, was eher da war, die Zeit oder die Frage...

ROGLER Genau! Genau, das ist die Frage. Genau das ist das Problem! Ich merke schon, Sie verstehen mich...

MODERATOR Das ganze Verstehen nützt nur nicht viel, denn Sie müssen auch verstehen, daß Sie nicht ewig die Leitung blockieren können.

ROGLER Genau das meine ich doch. Ich war mir unsicher, ob ich anrufen soll – genau aus dem Grund.

MODERATOR Na ja, jetzt haben Sie angerufen, aber wir müssen trotzdem Schluß machen.

ROGLER Sie müssen sich nicht entschuldigen. Ich habe das erwartet. Aber immerhin, man hat sich ja doch mal gesprochen, wenn auch kurz.

MODERATOR Ja, vielen Dank für den Anruf.

ROGLER Ich danke auch. Wiederhören.

Die Silvestersendung

Ende Oktober. Ein normaler Montagabend in Köln. Es ist 20 Uhr 25. Im Restaurant »Bella Ciao« sitzt eine illustre Schar: der Stammregisseur der täglichen Fernsehsendung »Aktuell«, zwei Autoren und vier Kabarettisten sowie die Musikgruppe »Schocksi«. Sinn des Treffens ist: Wie jedes Jahr soll eine besonders originelle Silvestersondersendung von »Aktuell« erarbeitet werden. Zu diesem Zweck haben sich einzelne schon zweimal getroffen. Heute soll das endgültige Konzept »festgeklopft« werden. Das müßte auch klappen. Obwohl bisher noch kein Honorar geflossen ist, hat sich doch jeder gut vorbereitet. Man wartet nur noch auf den Redakteur. Der ist seit einer knappen halben Stunde überfällig. Aber da kommt er ja ...

Entschuldigung, Entschuldigung, das Taxi kam nicht, ein Streß! Wir sind im Moment noch draußen in der »Quiz-Halle«. Diese ewigen Live-Sendungen – ich kann keinen Zuschauer mehr sehen. Aber das sind so die Ideen der Öffentlichkeitsreferenten – – – aber lassen wir das. Habt ihr schon was zum Essen bestellt? O. K.
Herr Ober! Kann ich noch mal die Karte haben? So! Worum geht's? Ich denke, schiefgehen kann im Grunde nichts, wenn ich mir die hochkarätig besetzte Runde anschaue, ich danke euch, daß ihr gekommen seid, äh, wir kennen uns noch nicht,
er gibt einem Teilnehmer die Hand
Schnabel mein Name, ich bin der Redakteur der Sendung, und wer das Ding schon mal gesehen hat, wird mich auch als Moderator wiedererkennen, ha, ha, ha – kleiner Scherz am Rande. Ja – worum geht's? Ihr wißt, wir wollen dieses Jahr wieder eine Silvestersendung machen, und das Ergebnis, ich weiß nicht, Peter, hast du – – – äh – den Peter kennt ihr? Falls nicht, der Peter ist der Regisseur der Sendung – äh, hast du schon was über den Drehort gesagt? – Nee? Gut! Also,

das Ergebnis unserer letzten zwei Treffen war, daß wir aus der Sporthalle live senden wollten, und ich weiß nicht, ob der Peter...? Nicht! Gut! Dann sag' ich das jetzt – also, die Idee war gut, die Verantwortlichen der Sporthalle waren auch einverstanden, der Haken ist nur, daß deren eigenes Silvesterprogramm erst um 22 Uhr beginnt – unsere Sendung aber schon um 19 Uhr – bringt also für uns nichts. Vorher ziehen die ihr Sportprogramm durch – wir haben uns überlegt, ob wir – aber da hat der Peter recht – Sport hat speziell mit Silvester nichts zu tun – also vergessen! Die Frage ist, Herr Ober! Einmal die Spinatnudeln in Gorgonzola-Sauce, einen kleinen gemischten Salat und einen halben Liter Weißwein – – – die Frage ist, und, Herr Ober! Ein Wasser dazu! Entschuldigung – die Frage ist: von wo aus senden wir jetzt?

Er schaut fordernd in die Runde. Ulf, ein Autor, meldet sich, sagt, er hätte ein Konzept, das allerdings ein paar Seiten lang ist.

Ja, bitte... nein! Lies ruhig alles vor, Ulf, wir haben Zeit. Ja, das nenn' ich Vorbereitung. Wieviel Seiten sind das?... Vier! Bitte?... Klar – mit dem Drehort ist natürlich eine ganze Konzeption verbunden.

Ulf liest vor. Nach der ersten halben Seite unterbricht ihn der Redakteur Schnabel.

Moment mal, Ulf! Darf ich da gleich mal einhaken. Du meinst, wir sollen draußen und im Studio drehen, oder wie?... Erst draußen, und dann gehen wir mit den Zuschauern ins Studio? Das versteh' ich jetzt nicht – – –

Ulf erklärt es.

Ach so! Jetzt! Wir sitzen, nachdem wir von außen gekommen sind, im Studio in dicker Winterkleidung – bitte?... Die Zuschauer auch? Ja gut, aber dann müßte ich den Zuschauern zu Hause erklären, daß wir eigentlich von draußen senden wollten, es aber zu kalt war, und deshalb sitzen wir jetzt im Studio

– – – nur, da wird sich der Fernsehzuschauer trotzdem fragen, warum wir uns nicht die Winterklamotten im Studio ausziehen, abgesehen davon, wo kriegen wir die Studiozuschauer in Winterkleidung her? Die setzen sich doch nicht schwitzend eine Stunde ins Studio, selbst wenn wir das vorher nicht heizen würden... Statisten engagieren? Also, dann würde ich lieber gleich dort hingehen, wo die Leute eh schon sind – also, da finde ich den Vorschlag vom Dieter dann wieder besser, daß wir mit der ganzen Sendung in den S-Bahnhof gehen, da hätte man die Leute erstens kostenlos, zweitens auch die Originalstimmung eines Silvesterabends in der S-Bahn. Sozusagen: Wer hält sich und warum um diese Zeit in der S-Bahn auf, sei es, daß er zu einer Feier fährt oder was weiß ich – – – das einzige Problem habe ich dabei mit den Pennern, daß die ganz einfach stören, aber wenn man den Drehort absperrt, hat das auch wieder was Künstliches, wobei noch ein Problem dazukommt, nämlich, ob Ihr alle eure Nummern in der S-Bahn spielen könnt, von der Akustik her und so weiter... doch, Peter! ...Ja, warum aus dem S-Bahnhof?! Warum? Ja, bitte, warum! Aber das kannst du bei jedem Drehort fragen, das bringt uns im Moment nicht weiter. Ich will doch nur mal...

zum Ober

Ja, der Wein war für mich –

ich will doch nur mal sehen, wo unser Denken so hingeht! Ich finde sowieso den Vorschlag, in das völlig leere Düsseldorfer Rheinstadion zu gehen, am besten. Das hat natürlich was, dieses riesige Stadion, ich als Moderator auf der Haupttribüne... Quatsch! Das ist nichts Besonderes für mich – da war ich oft, nein, der Unterschied zum S-Bahnhof ist doch ganz klar: Da läuft uns kein Störer durch die Kamera, da muß man keinen einbeziehen, Peter, darin bist du auch nicht gerade der Weltmeister, das weißt du am besten... das habe ich auch gar nicht gesagt, sicher, ein leeres Rheinstadion macht noch keinen Silvester, aber man kann die Leere des Stadions doch gut als Symbol nehmen für die innere Leere des Menschen zum Jahreswechsel, versteht ihr, der, will ich mal sagen, einsam ist oder in sich gehen will, sich – – – ja, kann man direkt so sagen, der sich leeren will für einen Neuanfang, versteht ihr? Da hat man schon mal ein starkes Bild, obwohl ich glaube, daß das fast schon wieder zu kompliziert ist. Aber ich finde es trotzdem immer noch besser als den S-Bahnhof. Oder anders gesagt, Dieter, damit du mich nicht falsch verstehst – der S-Bahnhof ist gut, sehr gut sogar, aber für eine Silvestersendung verschenkt. Ich würde gerne mal eine Sendung aus dem S-Bahnhof machen, aber dann richtig vorbereitet. Thema *ist* dann aber auch der S-Bahnhof, mit allem, was sich da abspielt. Da müßte man recherchieren. Der Vorteil des Rheinstadions ist einfach, daß wir alle Kabarettisten und das Trio »Schocksi« in die Südkurve stellen können, dort, wo sonst die harten Fans stehen – und jetzt sieht man plötzlich euch, sozusagen als andere Fans, jetzt mal in Anführungsstrichen, mit ganz anderen Texten – das gäbe einen Bruch – sicher, maximal ist auch das noch nicht, aber deshalb sind wir ja hier. ... Ach, Peter, das müssen wir doch jetzt nicht klären, wer von den Künstlern zu Silvester in Köln ist. Man kann doch vorher was aufzeichnen und einspielen. ... Natürlich ist die Sendung im Kern live. ... Nein, Peter! Keine Diskussion jetzt, was live ist und was nicht. Die Sendung ist live! Ich sitze live im Studio, und die Beiträge die eingespielt werden, sind zwar teilweise vorher aufgenommen, aber für den Zuschauer, der sie zum erstenmal sieht, sind sie doch live! Ich hasse diese ewigen Diskussionen mit dir über live oder nicht live!! Auch ein Film, der vor zwanzig Jahren aufgenommen wurde, ist für den Zuschauer heute live! Und der Zuschauer sitzt auch live vor dem Fernseher, deshalb sehe ich nicht ein, warum man noch ein paar Zuschauer in die Sendung reinsetzen soll,

das war vorher meine Kritik an deinem Vorschlag, Ulf, mit den Wintermänteln.
Pause. Keiner hat mehr so recht Lust oder ist eingeschüchtert.
Es gibt noch ein ganz anderes Problem, das wir hier dauernd unterschlagen, und das ärgert mich im Moment an dir sehr, Peter, daß du nicht berücksichtigst, daß unsere Fernsehsendung »Aktuell« auch gleichzeitig im Hörfunk übertragen wird. Das heißt, der Ort oder das Bild sagen erstmal gar nichts! Peter, du erinnerst dich, unsere letzte Sendung über das Thema »Raucher und Nichtraucher« wurde von meiner Frau im Autoradio total verstanden – im Fernsehen gar nicht –, weil du, Peter, mit der Kamera permanent hinterhergehinkt bist. Von daher darf der Drehort auch nicht zu kompliziert sein.
Zum Trio »Schocksi«
Das betrifft auch euren Vorschlag, vom »Kahlen Asten« zu senden, abgeknickte Bäume, grau, es nieselt, und in diesem Ambiente soll jetzt eine Silvesterstimmung aufkommen. Toller Gegensatz – nur, ich kann für die Hörfunkteilnehmer nicht permanent abbrechende Äste oder Wind einspielen – – – Leute! Die ganze Diskussion krankt ein wenig daran, daß wir schon den Ort festlegen, ohne das Thema zu haben. Deshalb habe ich ja an euch Kabarettisten gedacht, weil ihr aufs Wort geht, auf den Inhalt, und wenn wir den haben, dann können wir immer noch sagen, gut, das Ding drehen wir da oder dort!
Der Ober bringt die Nudeln.
Nein, äh, ich kann jetzt nichts mehr essen, ich zahle Ihnen die Nudeln, aber ich kann im Augenblick nicht – lieber noch einen halben Weißen ... was, Bernie? Kannst du das noch mal sagen?
Ruft dem Ober nach
Und ein Wasser noch, Herr Ober!

Bernie, kannst du das noch mal sagen? Peter, hör mal zu! Da muß der Bernie kommen, der bei den letzten Treffen gar nicht dabei war, und muß uns sagen, wie es geht! Genau das ist auch meine Meinung! Wir müssen auf den Konflikt gehen: also – Silvester feiern oder nicht, das ist die Frage! Genau! Und das drehen wir alles wie immer im Studio! Das ist das Klarste. Die einen sagen: Wir machen eine Silvestersendung, meinetwegen die Verantwortlichen der Sendung sagen das, und die anderen, in dem Fall die Künstler, sagen, nein, wir machen keine Silvestersendung – oder umgekehrt. Dadurch hat man eine ganz klare Struktur, die Sendung bleibt wie gehabt, nur eben mit Musik und mit Kabarettisten, die alle zu Silvester eine andere Meinung haben. Also Thema ist *Silvester*! So! Das ist das Thema!

...Was soll denn das schon wieder, Peter?!

...Nein! Wir thematisieren überhaupt nicht unsere Schwierigkeit, die wir mit der Sendung haben, seh' ich überhaupt nicht so... nein, das ist der alte Konflikt mit dir, Peter... ich will von dir nicht wissen, warum ich eine Silvestersendung mache, von dir will ich mehr wissen, von dir will ich wissen, warum wir überhaupt die Sendung »Aktuell« machen, das will ich von dir wissen. Wenn du mir oder dir das einmal beantworten könntest, dann wüßten wir auch, warum oder wie wir eine Silvestersendung machen sollen. *Ich* muß gar keine Sendung machen, ich kann aber auch zwanzig Silvestersendungen machen – aber ich muß erst mal wissen, warum!!

Schaut auf die Uhr

Kinder, ich muß weg!

Ja, das tut mir leid, daß Ihr jetzt in den Konflikt zwischen Peter und mir reingezogen werdet, äh, Peter, laß uns das erst mal klären, wir rufen euch dann an und sagen euch, wo und wann das nächste Treffen sein wird, o. k.? Herr Ober, könnten Sie mir ein Taxi anrufen, und zahlen, bitte!

Sucht nach seiner Geldbörse

Mist, jetzt habe ich kein Geld dabei – Peter, kannst du das mitbezahlen, kriegst du morgen wieder, aber erinnere mich dran!
Also, tschüs, Leute. Bis zum nächstenmal.

»Was wir brauchen, ist eine Hammerrede!«

Die weihnachtliche Fernsehansprache des Bundespräsidenten gehört ohne Zweifel zu den mit Spannung erwarteten Höhepunkten eines jeden Sendejahres. Doch davon, daß sie gelingt, hängt nicht nur allein für ARD und ZDF viel ab. Auch in ganz anderen Häusern blickt man ihr Jahr für Jahr mit Sorge entgegen:

»Ja... hallo? Ja? Herr von Weizsäcker? Ja! Patzke hier! Vom Siedler Verlag! Ja, genau! Grüß Gott, Herr von Weizsäcker! Gut schau'n Sie aus! – Herr von Weizsäcker, weshalb ich anrufe: Ich habe Ihren Text heute bekommen – – die Weihnachtsansprache, genau. Sie haben dazugeschrieben, das wäre jetzt die Fassung letzter Hand?! – – Sehen Sie, Herr von Weizsäcker, und da sehe ich dann doch Schwierigkeiten. – – Bitte? – Nein, lassen Sie mich's mal so sagen: Die Ansprache ist gut, sie ist ordentlich, aber sie ist mir ein bißchen zu still für unsere Zwecke. Ich hätte mir eigentlich erwartet, daß Sie etwas mehr in die vollen gehen in dieser Situation. – – Neinnein, verstehen Sie mich bitte nicht miß! Sie kommt schon ganz gut rüber soweit, das meine ich nicht, ich hab' Sie hier im Verlag auch schon mal rumgezeigt, und da gab's stellenweise durchaus schon richtig betroffene Gesichter, so ist das nicht, ans Gewissen geht sie schon, gar keine Frage, da sind schon wieder ein paar echte Erschütterer drin, ganz klar, aber eben mehr so stille Erschütterer, wenn Sie verstehen, was ich meine – – Herr von Weizsäcker, das Problem ist doch folgendes: Lassen wir von diesem Buch 50000 drucken, oder lassen wir 150000 drucken, das ist doch die Frage jetzt. Und wenn Sie Weihnachten im Fernsehen tatsächlich diese Ansprache halten, so wie Sie sie mir hier jetzt geschickt haben, dann bleiben wir mit der Auflage unten, das kann ich Ihnen jetzt schon sagen. – – Bitte? – – Das kann ich Ihnen ganz genau sagen, Herr von Weizsäcker: Weil wir da als Anreißer noch mal einen richtigen Hammer brauchen, wenn wir über die 100000 kommen wollen, deshalb. So wie Ihre Rede zum 8. Mai damals. Aber das, was Sie mir jetzt da geschickt haben – – – – schau'n Sie, Herr von Weizsäcker: Ihre Ansprache kommt am 25. zweimal im Fernsehen, zuerst im ZDF um 19 Uhr 10, zwischen HEUTE einerseits, das ist gut, und TERRA X andererseits, das ist nicht so gut, weil, das ist eine Sendung über 5000 JAHRE ARABISCHE SEEFAHRT, die guckt keiner, d. h., wir haben keinen Mitnahmeeffekt von daher, und im ARD läuft zur selben Zeit auch noch IM KRUG ZUM GRÜNEN KRANZE, insofern darf man sich von diesem Sendeplatz jetzt sicherlich nicht zu viel versprechen – aber dann, Herr von Weizsäcker, jetzt passen Sie auf, wenn Ihre Ansprache um 20 Uhr 05 dann im ARD läuft, dann haben wir im ZDF lediglich DER PROFESSOR UND SEIN HUND gegen uns, mit Carl Heinz Schroth, jawohl, aber direkt vor uns im ARD die TAGESSCHAU und direkt nach uns DREI MÄNNER UND EIN BABY, also da kriegen wir 25 Prozent mindestens, wenn nicht 30 Prozent – bitte? Carl Heinz Schroth? Ja sicher, das ist schon ein recht beliebter Schauspieler, sicher, aber mehr als 10 Prozent nimmt der uns trotzdem nicht weg – bitte? – fünfzehn, meinetwegen fünfzehn, nimmt er uns eben fünfzehn weg, aber da brauchen wir uns meines Erachtens jetzt nicht reinzuverbeißen, worum's mir doch geht, ist: Wir machen grade einen Auswahlband mit Ihren besten Reden und Ansprachen, Herr von Weizsäcker, in drei Wochen kommen wir raus damit, wie ein Geschenk des Himmels kommt da dieser Weihnachtstermin daher, es eröffnet sich die Chance, daß Sie eine echte Hammerrede halten, und wir sind zwei Wochen später schon mit dem Buch draußen, in dem eben diese Rede dann steht – und was machen Sie in dieser

Situation, Herr von Weizsäcker? Sie schreiben eine Rede, die ja meinetwegen schön und gut und was weiß ich nicht noch alles ist, nur eben keine Hammerrede! – – – Das will ich Ihnen sagen, Herr von Weizsäcker: Eine echte Hammerrede, die muß Zündstoff enthalten, die muß Staub aufwirbeln, die muß – – bitte? – aber das ist doch nicht Ihr Ernst, Herr von Weizsäcker, alles was ich hier lese, ist: Einsamkeit. Einsamkeit hier, Einsamkeit da, einsame Witwen, einsame Arbeitslose, einsame Kranke, einsame Aussiedler, schnief schnief, schluchz schluchz – Verzeihung, Herr von Weizsä – – neeein, entschuldigen Sie bitte, so war das doch nicht gemeint, nein, entschuldigen Sie bitte. – – – Natürlich, das habe ich vorhin doch auch schon gesagt, das mit dem Behinderten ist zum Beispiel ein echter Erschütterer, gar keine Frage, wie Sie da diese Maltherapie für Behinderte besuchen, also – – bitte? Tanztherapie? Keine Maltherapie? Aber das geht doch gar nicht, daß Behinderte eine Tanztherapie – – bitte? Na aber gut, von mir aus, darüber will ich mich jetzt nicht streiten mit Ihnen, so genau habe ich den Text jetzt auch nicht mehr in Erinnerung – aber sehen Sie, Herr von Weizsäcker, genau das ist es doch, jetzt habe ich diese Rede vor einer halben Stunde erst gelesen, und schon nach einer halben Stunde weiß ich schon nicht mehr, was da eigentlich drin stand außer Einsamkeit hier, Einsamkeit da, ich meine, wo sind denn da die Hämmer, Herr von Weizsäcker, wo sind denn da die Hämmer?! – – – Nein, Herr von Weizsäcker, darf ich mal ganz ehrlich zu Ihnen sein? Meines Erachtens ist dieser Text vielleicht was für einen Lebenshilfeband im KREUZ VERLAG, aber ganz bestimmt nicht für die PERSPEKTIVEN DER POLITIK bei SIEDLER! Neinneinnein, Herr von Weizsäcker, überlegen Sie doch bitte, was wir sonst so haben: Ihre Rede zum 8. Mai, okay, eine echte Hammerrede, gar keine Frage, aber sonst? Die zur 750-Jahr-Feier von Berlin, okay, meinetwegen, zumindest ein kleiner Hammer – – – von mir aus, die bei Jugend trainiert für Olympia auch noch, obwohl das meines Erachtens doch höchstens ein Hämmerchen ist, aber sonst? Eine Rede bei der Bundesgartenschau, eine beim Kongreß der Deutschen Versandhausvertreter, eine beim Tag des Deutschen Friseurhandwerks – usw., usf., Herr von Weizsäcker: 20000 Stück kauft die POST und schenkt sie ihren Mitarbeitern zum Dienstjubiläum, noch mal 20000 schlagen wir an die Kommunen los und jeweils 5000 noch an die Deutsche Versandhausvertretergesellschaft und an die Friseurhandwerksinnung – aber sonst? Wer bitteschön kauft uns freiwillig auch nur ein einziges Stück mehr ab? Wenn wir jetzt nicht noch eine echte Hammerrede reintun? – Herr von Weizsäcker, Entschuldigung, ich hab' den Text doch vor mir: *»Die Menschen suchen Erlösung aus ihrer Einsamkeit. Wir wollen uns gegenseitig dabei helfen, dann werden wir den Sinn des Weihnachtsfestes besser verstehen. Meine Frau und ich grüßen Sie alle und wünschen Ihnen ein segensreiches Weihnachtsfest«* – Herr von Weizsäcker, das ist doch ein Wort zum Sonntag, ist das doch, aber keine Hammerrede! – – – Aber das kann uns doch egal sein, Herr von Weizsäcker, ob nun Weihnachten oder nicht, mir geht's doch jetzt um die 100000 Exemplare mehr oder weniger, die wir von Ihrem Buch verkaufen können, sofern Sie nur jetzt an Weihnachten eine echte Hammerrede halten – Herr von Weizsä – – – es ist doch auch in Ihrem Interesse, 100000 Verkaufte mehr, das bedeutet für Sie doch immerhin auch eine knappe halbe Million – – – Herr von Weizsäcker, diese Rede hier wird Ihnen doch nicht schlecht, die können Sie doch immer noch mal irgendwo anders halten, gehen Sie damit auf den Deutschen Diakonissenball oder zum Tag der christlichen Philatelie, und der Beifall ist Ihnen sicher – – – Herr von Weizsäcker, Kompromißvorschlag: Sie lassen diese Rede von mir aus genau so, wie sie ist, und bauen lediglich noch zwei, drei Hämmer zusätzlich ein, ja? Irgendwas mit Remscheid, Biblis, Terrorismus – – – aber ja doch, Herr von Weizsäcker, gerade zu Weihnachten, warum denn nicht, das würde doch sogar wunderbar passen, Terroristen sind doch schließlich auch einsam, vor allem, wenn sie in Einzelhaft sitzen – das wär' doch überhaupt der Hammer, Herr von Weizsäcker! Sie begnadigen einen von diesen Terroristen und geben das exakt am ersten Feiertag in Ihrer Weihnachtsansprache bekannt! Das würde doch wie eine Bombe einschlagen, würde das doch! – – – Herr von Weizsäcker! Ich flehe Sie an! Das Buch liegt uns sonst wie Blei in den Regalen! Die Leute schlafen uns doch sonst schon vor dem Fernseher ein, zwei Tage später weiß keiner mehr auch nur noch ein Wort von dem, was Sie gesagt haben, ich meine, das ist doch ein Besinnungsaufsatz aus der Sonntagsschule, neunte Klasse, da schreibt mir mein Volontär hier ja einen besseren, was wir brauchen, ist aber eine Hammerrede, Herr – – – Herr von Weizsäcker? Sind Sie noch dran, Herr von Weizsäcker? Hallo? Nun sein Sie doch nicht gleich beleidigt, ich will doch nur – hallo? Wer? Frau von Weizsäcker? Grüß Gott, Frau von Weizsäcker, Patzke hier, vom Siedler Verlag, was ist denn mit Ihrem Mann los auf einmal? Ich hatte grade noch mit ihm – – bitte? Sie haben mitgehört? Ah ja, dann wissen Sie ja, worum es geht gerade – Frau von Weizsäcker, ich glaube, Ihr Mann ist jetzt etwas beleidigt, es ist nur so, Frau von Weizsäcker, ich muß da hart bleiben, er tut sich ja keinen Gefallen, die Konkurrenz schläft nicht, grade zwischen Weihnachten und Naujahr sprechen ja auch noch andere, der Streibl, der Wallmann, der Stolte, der Kohl hat dieses Jahr auch keine schlechte Rede – – – Ihr Mann muß höllisch aufpassen, daß er da nicht untergeht – – ja, sprechen Sie doch noch einmal mit ihm, genau – ich hab' mir auch schon überlegt, ob nicht wenigstens Sie dann diese Ansprache verlesen könnten, da hätten wir auf Anhieb 10 Prozent Einschaltquote mehr, obwohl eine Katastrophe bleibt diese Ansprache so oder so, deshalb sage ich ja, wenn Sie – nur mal so als

Hausnummer jetzt gedacht – – – na gut, ich seh' schon, das hat keinen Zweck mehr jetzt, aber das nächste Jahr müssen wir uns dann auf jeden Fall sofort zusammensetzen, ja – lassen wir die Weihnachtsansprache jetzt halt einfach doch draußen, verschieben wir den Erscheinungstermin und schaun wir, daß wir halt zu VIERZIG JAHRE GRUNDGESETZ eine echte Hammerrede hinlegen, genau – okay, so machen wir's, lassen wir's gut sein für heute, ich ruf' Sie dann im Januar gleich noch mal an, genau – jaja, ebenfalls, mach' ich, danke, gern geschehen – – Tschüs! Frau von – – –«

DREISPRUNG – oder: Ein Mann sieht fern

War früher für den Mann bei der Wahl seiner Frau fürs Leben die Liebe oder das Vermögen ausschlaggebend – achten heute immer mehr Männer darauf, ob sie bei ihrer zukünftigen Frau unbehindert und ohne Erklärung die Sportschau sehen sürfen.
Szenen wie die folgende haben nicht selten schon zu Mord und Totschlag geführt.

Ein Mann sitzt vor dem Fernseher
So, komm Junge, gib's ihm!
Zu seiner Frau
Gleich! Ruhe!
Der muß sowieso in den nächsten zwanzig Minuten anlaufen. Das sagt die Regel – – – Und ab geht die Post! – – – Der Anlauf ist gut. Uuuuuund hopp! Ah, der zweite Sprung ist etwas zu flach – – – trotzdem, gute Landung, auf jeden Fall über 17 Meter. Aber da ist noch mehr drin!
Zur Frau
Worum geht's?
... Ach nee, Mensch! Ich habe immer gesagt, laß uns ein Zweitgerät kaufen. Muß ich denn jedesmal... weil ich das sehen will! Ganz einfach! ... Nein, ich habe keine Lust, irgendwas zu erklären! Absolut nicht!
Das ist eine Sondersendung. Ein Zusammenschnitt der Originalübertragung von heute nachmittag von 14 Uhr bis 17 Uhr 55. Haben die kurzfristig ins Programm reingenommen. Wahrscheinlich, weil einer von den unsrigen in die Medaillenränge reingesprungen ist. ... Das dauert doch nur zwanzig Minuten! Dann kannst du dein Zeug sehen. ... Nein, die überziehen nicht. Geht doch gar nicht – das ist eine Aufzeichnung. ... Nein, ich muß es nicht sehen, ich muß grundsätz-

lich gar nichts! Aber jetzt seh' ich's halt. Wo ist denn der Unterschied, wenn ich's nicht sehe? Gesendet wird's trotzdem! ...Ruhe! Jetzt kommt der Bulgare. Sein größter Konkurrent.

Pause

Los, spring endlich, du Schausteller! – – – Furchtbar! Verstehst du, bei dem zeigen sie, wie er sich zwei Minuten lang konzentriert – beim unsrigen kriegst du kaum den Sprung mit. Das ist typisch für die da unten. ... Was? ... Für die Rumänen. Das ist in Rumänien. Da ist die Weltmeisterschaft. ...Nein, der Springer ist aus Bulgarien. Aber die halten eh alle zusammen... Nein! Jetzt ist doch keine Olympiade. Die ist nächstes Jahr in Barcelona.

Pause

Jetzt spring endlich, Mensch! Na, Gott sei Dank. Ruhe jetzt!

Wie der schon anläuft – alles nur mit Kraft. Total hölzern – – – übergetreten! Ha ha ha! So, das hätten wir schon mal.

Komm, komm, komm, Bürschchen, tu die weiße Flagge runter! Das war ganz klar übergetreten! – – – Das gibt's doch gar nicht! Das hätten wir gerne mal in der Zeitlupe gesehen, die hätten wir aber gerne mal gesehen! – – – Was soll das denn?! Habt ihr keine Zeitlupe da unten? Typisch! *Da* kommt keine Zeitlupe! Ganz klar übergetreten! – – –

Zur Frau

Was heißt, wenn er besser ist? Der ist nicht besser! ... Ich reg' mich doch gar nicht auf. Nur, der unsrige ist leicht verletzt. Hast du die Bandage gesehen? Der hat eine Spitzensaison hinter sich. Das wäre unfair, wenn gerade bei der WM irgendein Bulgare daherkommt und ihn mit einem Sprung, der klar übergetreten war, besiegt. ... Weiß ich nicht genau! Wahrscheinlich ist das beim Training passiert. ... Das hat doch der Reporter gesagt, paß halt ein bißchen auf. Der ist an der Paracelsis-Hypothenuse oder so ähnlich verletzt. Das ist das

Stück zwischen Achillessehne und Ferse, egal, jedenfalls, da wirken die meisten Kiloponds drauf – alle Dreispringer laborieren da dran rum – der Bulgare angeblich auch, aber ich glaube, der blufft nur. ... Wie, warum er trainiert? Soll er nicht trainieren? Wie will er denn dann die Norm schaffen? Die ist bei einer WM unheimlich hoch. 17 Meter 30. Das mußt du erst mal springen. Nächstes Jahr in Barcelona ist sie noch höher. Und Dreisprungtraining ist mörderisch. Da ist Weitsprung gar nichts dagegen. Der springt pro Sprung dreimal soviel... weil er dreimal springen muß! Sagt doch der Name schon: Drei-Sprung!! Hop – Step – Flop! ... So heißen die einzelnen Sprungphasen. ... Ach, dann paß halt auf, oder rede nicht so viel! Hat er doch eingangs alles erklärt, der Reporter. ... Mensch, wenn er z. B. Linksspringer ist, dann springt er links ab, landet links, springt wieder links ab, landet rechts, springt rechts ab, und dann kommt die Landung – da muß er links oder rechts raus. ... Nein – nicht aus der Grube, aber damit er nicht nach hinten fällt, muß er seitlich weg – saukompliziert alles! Und die heikle Phase ist eben, wenn er das erste Mal aufkommt, da wirken die meisten Kiloponds, Hunderte oder Tausende auf die Paracellis-Hypothase. Einmal ein bißchen verzogen, da haut's ihm die ganze Sehne in die Einzelteile auseinander! Crash! Und ab mit der Bahre! Und das trainiert der täglich vier oder fünf Stunden ... natürlich hat der eine Frau! Was soll denn *die* Frage? Die ist sogar dabei. Die war ein ganz berühmtes Mannequin oder so was, hat aber auf ihre Karriere verzichtet, weil sie ihren Mann bei den Wettkämpfen begleiten will. ... Nein, die springt nicht! Dreisprung ist eine reine Männerdisziplin!
Wie? Frauen würden so einen Blödsinn gar nicht machen? Da lach' ich aber! Die machen noch was viel Blöderes! Ich sage nur Stufenbarren. Hast du schon mal einen Mann am Stufenbarren gesehen? Nee! Zwanzigmal voll mit dem Bauch gegen den Holm. Wosch!! Immer voll drauf aufs Holz. Wenn die

nicht spätestens mit vierzehn Jahren aufhören, ist es aus mit dem Kinderkriegen. ... Ruhe jetzt! Der letzte Sprung für den unsrigen! – – – So, komm Junge, setz noch einen drauf ...! Sehr guter Anlauf – – – uuuuuund jawoll!! Das war die Teilnehmerurkunde für den Bulgaren! Dabeisein ist alles! Sehr gut! ... Moment – die Weite noch – – – Was?! Übergetreten? Niemals! Niemals! So, jetzt bringt aber mal die Zeitlu ... na, na, na, das ist aber eine Interpretationssache ... Moment, noch mal – – – da kann ich nichts erkennen, von wegen übergetreten – – – Ja! Ist schon gut! Da bringen sie die Zeitlupe gleich dreimal, wenn von uns mal einer übertritt – – – Ja! Wir haben es schon gesehen!

Zur Frau

Das hast du jetzt davon, verdammt noch mal! ... Doch, zum Teil schon. Wenn du dauernd dazwischenquatscht, wie soll er sich denn konzentrieren? Stell du dich mal da unten hin, und dann rede ich dauernd, während du dich konzentrierst. Stell du dich mal da unten rein ins Stadion, 60000 Zuschauer, davon 50000 Bulgaren und Rumänen, Großleinwand im Stadion, die ganze Welt hängt am Fernseher, so, jetzt muß der noch den Rücken- bzw. Gegenwind berechnen, der hat seinen Anlauf im Training ja bei Windstille ausgemessen, in dem Stadionkessel sind gute 40 Grad im Schatten – und wenn jetzt noch jede Frau zu Hause blöde Bemerkungen macht – das überträgt sich doch! ... Darum geht's doch gar nicht. Ich kenne den auch nicht persönlich. Aber mit dem Bulgaren habe ich noch weniger zu tun.

Was heißt, ich verblöde langsam? ... Dir gegenüber ist das brutal? Wenn ich Sport gucke?! ... Das beleidigt deinen Intellekt? *Ich* schaue doch – nicht du! ... Ich bin primitiv, ja ja, schon gut. Ich will dir mal was sagen: Du kennst die anderen Männer nicht. In Berlin hat jemand seine Frau erwürgt, weil sie während der Golfübertragung von den All English Championships umgeschaltet hat. So – da bin ich ein

Anfänger dagegen. Du hast eine Ahnung von Männern! Außerdem, hier machen genausogut Frauen mit bei der Leichtathletik, ... Wie, noch schlimmer? ... Ach nee, jetzt kommt das auch noch. Nee – komm, hör auf! Ich gucke Peep-Show! ... Paß mal auf! Erstens läuft Evelyn Ashford gar nicht mehr – und falls, ich kann nichts dafür, daß die sich heutzutage so knapp und sexy anziehen, und was ist schon dabei? Die können sich doch nicht häßlicher machen, nur weil ein paar Männer zuschauen? ... Nein, das hast du gesagt! Die gefällt mir nicht besser ... nein! ... Das kann man doch gar nicht vergleichen. Die trainiert doch auch jeden Tag. Moment!! Ruhe! Jetzt kommt der Bulgare, letzter Versuch – – –

Pause

Mensch, immer diese verdammte Konzentriererei – – –
geht mir auf den Keks – – –
Na endlich! – – – Schlaffer Anlauf. Der ist schon fertig, bevor er am Brett ist. – – – Ha! Wo springt der denn ab?! 30 Zentimeter verschenkt, mindestens! Das war ein Sprung für die Statistik – – – Was? Wie bitte! 17 Meter 91? Gibt's doch nicht.
Himmel Arsch! Jetzt ist der unsrige nur Vierter. Keine Medaille! Zum Heulen!
– – – Hör auf zu lachen! Hör auf! Ich warn dich.

Die Frau lacht weiter

So!

Er nimmt den Fernseher und schmeißt ihn auf den Boden

Du hast es nicht anders gewollt. Deinen »Ratschlag für Kinogänger« siehst du nicht.
Falls Fragen auftauchen – ich bin unten in der »Jägerklause«!

Er schlägt die Wohnungstür hinter sich zu

Höreranruf 2

ROGLER Ja, mein Name ist Rogler, ich rufe aus Köln an ...hallo?
MODERATOR Ja...
ROGLER Herr Schmitz?
MODERATOR Ja, am Apparat.
ROGLER Grüße Sie... äh, Herr Schmitz, es ist so – ich möchte nichts fragen.
MODERATOR Müssen Sie auch nicht, Herr Rogler. Aber vielleicht wollen Sie was zur Sendung sagen?
ROGLER Ja, an und für sich auch nicht – eigentlich nicht, nein.
MODERATOR Ja... können wir Ihnen sonst irgendwie weiterhelfen?
ROGLER Hmm, ich weiß nicht... mich fragt ja sonst auch keiner...
MODERATOR Das ist bedauerlich, Herr Rogler.
ROGLER ...und angenommen, ich würde einmal gefragt werden, dann ist es ja meistens schon zu spät.
MODERATOR Das, denke ich, hängt von der Frage ab.
ROGLER Ich weiß nicht. Meist steht die Antwort bereits vor der Frage fest.
MODERATOR Ich kann Sie ja mal was fragen, Herr Rogler, was halten Sie davon?
ROGLER Das wäre schön, Herr Schmitz, sehr schön wäre das.
MODERATOR Herr Rogler, wie fanden Sie die Sendung?
ROGLER Neineineineineinennn...!
MODERATOR Was haben Sie denn?
ROGLER Die Sendung ist doch schon vorbei!
MODERATOR Man wird doch trotzdem mal fragen dürfen.

ROGLER Freilich, Herr Schmitz. Aber durch die Sendung haben Sie meine Frage schon beantwortet. Daran ändert doch meine Meinung nichts mehr.

MODERATOR Gut, dann sagen Sie Ihre Meinung, ohne daß ich frage.

ROGLER Das versteh' ich jetzt nicht...

MODERATOR Sie können doch Ihre Meinung sagen, ohne daß Sie jemand fragt.

ROGLER Ich bin doch kein Politiker.

MODERATOR Sie könnten auch einen Politiker was fragen.

ROGLER Muß aber nicht...

MODERATOR Sie müssen nicht...! Aber, Herr Rogler, irgendwie müssen wir ja miteinander reden... Ich meine, es könnte ja sein, daß Sie ein Politiker was fragt, würden Sie denn darauf antworten?

ROGLER Mich fragt ja keiner.

MODERATOR Angenommen! Angenommen, ein Politiker würde Sie fragen: »Herr Rogler, es ist doch trotz allem schön hier in der Bundesrepublik, oder?«

ROGLER Das sind die schlimmsten Fragen, Herr Schmitz.

MODERATOR Wieso?

ROGLER Ein Mann fragte einmal eine Frau: »Ein schöner Abend, heute, oder?« Darauf sagte die Frau: »Ja, aber ich möchte trotzdem allein nach Hause gehen!«

MODERATOR Das verstehe ich jetzt nicht.

ROGLER Macht doch nichts. Immerhin, man hat sich doch mal wieder gesprochen, wenn auch kurz. Wir sollten die Leitung nicht so lange blockieren. Vielleicht hat jemand noch eine Frage zur Sendung.

MODERATOR Ja... vielen Dank für den Anruf.

ROGLER Ich danke auch. Wiederhören.

Der Kölner Appell

Köln, Alter Wartesaal, 19. Februar 1989, 0 Uhr 28. Die Übertragung der Sendung »Mitternachtsspitzen« neigt sich wieder einmal ihrem Ende zu. Bisher war es eine ganz normale Sendung: mit Höhen und Tiefen, Schwächen und Stärken – aber alles im gewohnten Rahmen und zur Zufriedenheit von Redaktion und Sendeleitung.
Doch als nun Dieter Hildebrandt und Richard Rogler zu ihrem letzten Auftritt auf die Bühne kommen, bahnt sich plötzlich ein Eklat an. Statt in Position für den an dieser Stelle jetzt eigentlich vorgesehenen Sketch zu gehen, weichen sie eigenmächtig vom Ablaufplan der Sendung ab, beginnen nervös, aber nichtsdestotrotz entschlossen einen ungewöhnlichen Aufruf vorzutragen:

ROGLER Meine Damen und Herren, Dieter Hildebrandt und ich haben Ihnen jetzt etwas zu sagen, das war eigentlich gar nicht vorgesehen im Programm für heute abend.

HILDEBRANDT Eigentlich wollten wir Ihnen an dieser Stelle jetzt einen Sketch zeigen, der in einem Schuhgeschäft spielt, mit einem Ladendieb, der zwei Paar Schuhe übereinander anzieht...

ROGLER Der Herr Rundfunkrat hatte sich diesen Sketch extra gewünscht, seine Frau hat ihn geschrieben...

HILDEBRANDT Aber trotzdem haben wir uns gerade eben hinter der Bühne doch noch anders entschieden.

ROGLER Unser Gewissen verbietet es uns einfach, jetzt noch länger zu schweigen.

HILDEBRANDT Wir wollen uns hinterher nicht vorwerfen lassen, wir hätten von all dem gewußt und trotzdem geschwiegen.

ROGLER Gerade, weil wir selbst ja direkt beteiligt sind. Ich meine, gerade in diesem Augenblick zum Beispiel *machen* wir ja wieder Fernsehen...

Hildebrandt Niemand soll hinterher sagen können, er hätte von all dem ja nichts gewußt.

Rogler Und deshalb wenden wir uns jetzt praktisch in aller Öffentlichkeit an Sie alle.

Hildebrandt Es geht um Folgendes: Wenn wir jetzt nicht alle zusammen, also sowohl die Zuschauer als auch die Macher in beiden Lagern, wenn wir jetzt nicht alle gemeinsam aufstehen und unsere Stimme erheben, dann ist die Katastrophe nicht mehr aufzuhalten.

Rogler Die Mobilmachungspläne liegen bereits fertig in den Schubladen, sowohl bei ARD als auch beim ZDF.

Hildebrandt Da braucht jetzt zum Beispiel nur noch in einem der beiden Frühwarnsysteme ein technischer Defekt aufzutreten...

Rogler Ein Computer spielt verrückt und meldet der ARD zum Beispiel 50 statt 5 Prozent Einschaltquote für die ZDF-TELEILLUSTRIERTE...

Hildebrandt ...und schon setzt sich bei sämtlichen ARD-Anstalten synchron und vollautomatisch die Maschinerie für den großen Vergeltungsschlag in Gang, und die Entscheidungsschlacht beginnt. Ein furchtbarer Kampf um jeden Zentimeter Bildschirm, bis auf den allerletzten Zuschauer...

Rogler Die ARD-Anstalten mobilisieren jeden Regisseur, jeden Drehbuchautor, jeden Kameramann, werfen einfach alles in die Schlacht...

Hildebrandt ...freie Produktionsgesellschaften werden einfach gleichgeschaltet...

Rogler ...und innerhalb von nur zwei Stunden beginnen die Dreharbeiten für die größte, teuerste und schrecklichste Vorabend-Unterhaltungsserie aller Zeiten!

Hildebrandt – Soweit man von Vorabend und Serie überhaupt noch sprechen kann! Denn im Grunde ist das dann ja nur noch eine einzige Endlosfolge, die rund um die Uhr ohne Unterbrechung gesendet wird...

ROGLER Mit Tausenden von Schauplätzen und Zehntausenden von Handlungssträngen in ganz Deutschland, quasi in jeder Stadt eine Art Lindenstraße, auf jeder Landstraße ein Manfred Krug AUF ACHSE, in jeder Dorfkirche ein Pfarrer Atzorn auf Abwegen, in jedem Puff ein Kommissar Schimanski auf Spurensuche...

HILDEBRANDT ...alles im Rahmen eines ultimativen Konzepts irgendwie ineinander verwoben, alles ein einziger, aber unglaublich hochkarätig besetzter Brei...

ROGLER Genau! Für jede Rolle nicht nur ein, sondern mindestens gleich drei Stars! Manfred Krug wird dann zum Beispiel gespielt von Harald Juhnke *und* Klaus Löwitsch *und* Herbert Herrmann gemeinsam...

HILDEBRANDT ...und umgekehrt...

ROGLER ein Straßenfeger, wie ihn die Welt noch nicht gesehen hat...

HILDEBRANDT ...und das Ganze wie gesagt ununterbrochen rund um die Uhr, andere Sendungen gibt's nicht mehr, nicht einmal Pinkelpausen gibt es mehr...

ROGLER ...zumindest so lange nicht, bis die Einschaltquote nicht die 150 Prozent überschritten hat...

HILDEBRANDT ...und das ZDF kontert sofort mit der Mobilmachung für die endgültige TALK/SPIEL/SPORT/POP/RUBBEL/MITMACH/NONSTOP/PETER-ALEXANDER-SHOW, ebenfalls ununterbrochen rund um die Uhr...

ROGLER ...simultan moderiert von Frank Elstner, Günter Jauch, Dieter Thomas Heck, Harry Valerien, Wim Thoelke, Thomas Gottschalk, Marcel Reich-Ranicki...

HILDEBRANDT ...mit vierzehn Stargästen pro Minute...

ROGLER ...und alle 30 Sekunden einem neuen Saalkandidaten, so lange, bis einer STOP sagt...

HILDEBRANDT ...aber es sagt ja keiner STOP, jedenfalls nicht so lange, bis die Einschaltquote nicht die 200 Prozent-Marke erreicht hat...

ROGLER – Mit einem Wort: OVERKILL. APOCALYPSE TV. Der totale Krieg.

HILDEBRANDT Und weder ARD noch ZDF können ihn gewinnen. Am Ende werden beide in Schutt und Asche liegen, und der Bildschirm wird eine tote, feindliche Wüste sein. Einschaltquote: Null.

ROGLER Meine Damen und Herren: Wir haben geschwiegen, als das ZDF am 1.10.1973 bei Nacht und Nebel mit seiner Nachrichtensendung HEUTE bis an die 19 Uhr-Linie vorrückte und die gesamte nachfolgende Sendezeit im Handstreich für sein Hauptabendprogramm annektierte.

HILDEBRANDT Wir haben geschwiegen, als die ARD-Anstalten 1978 damit begannen, ihre dritten Programme zu Vollsendern aufzurüsten und damit eine zweite Einschaltquotenfront gegen das ZDF errichteten.

ROGLER Wir haben geschwiegen, als über Jahrzehnte hinweg in immer neuen Runden des Wettrüstens immer furchtbarere Massenunterhaltungsmittel entwickelt und ins Programm gebracht wurden, vom TAG DES DEUTSCHEN SCHLAGERS bis hin zur SCHWARZWALDKLINIK…

HILDEBRANDT Wir haben uns daran gewöhnt, im Schatten monströser Stimmungskanonen wie Jürgen von der Lippe oder Margarethe Schreinemakers zu leben…

ROGLER …im Fadenkreuz entsicherter Stußwaffen wie Siggi Harreis oder Amelie Fried…

HILDEBRANDT …im Zielgebiet heißluftgestützter Mehrfachknallköpfe wie Sascha Hehn oder Michael Schanze…

ROGLER …längst schon reichen die Unterhaltungsarsenale auf beiden Seiten aus, die gesamte Bevölkerung der BRD nicht nur ein-, sondern hundertmal pro Kopf um den Verstand zu bringen…

HILDEBRANDT ... Menschenleben werden zu Millionen nur noch in Einschaltquoten gegeneinander aufgerechnet...

ROGLER ... und das bereits jetzt, wo ja offiziell noch Frieden herrscht zwischen den beiden Großmächten!

HILDEBRANDT Aber wie lange noch? Schon rüsten auch Entwicklungssender wie RTL oder SAT 1 in besorgniserregendem Maße auf...

ROGLER Wir alle leben auf einem gigantischen Pulverfaß, und schon ein einziger winziger Funke kann genügen, um es in die Luft zu jagen –

HILDEBRANDT ... wie gesagt: ein kleiner Fehler bloß im Frühwarnsystem...

ROGLER ... oder auch nur irgendein betrunkener Sendeleiter, der versehentlich auf den falschen Knopf drückt...

HILDEBRANDT ––– Meine Damen und Herren: Wir haben viel zu lange geschwiegen. Nun können wir nicht mehr. Wir haben Ihnen keine fertigen Rezepte anzubieten. Wir haben keinen Plan, keine Strategie, keine Ahnung, wie die Katastrophe noch aufzuhalten wäre.

ROGLER Aber sie muß aufgehalten werden. Irgendwie. Mit Ihrer, mit unser aller Anstrengung. Deshalb haben wir uns zu diesem außergewöhnlichen Schritt hier entschlossen. Deshalb haben wir unser Schweigen gebrochen und Ihnen die wahnwitzigen Geheimpläne von ARD und ZDF enthüllt.

HILDEBRANDT Auch auf die Gefahr persönlicher Nachteile für uns beide hin.

ROGLER Wir appellieren an Sie: Leisten Sie Widerstand! Verweigern Sie sich! Machen Sie nicht länger mit beim TOR DES MONATS oder der HITPARADE! Rufen Sie Ihren Sender an, rufen Sie ihn jetzt gleich an, und sagen Sie ihm, daß Sie nicht länger mitmachen!

HILDEBRANDT Drohen Sie mit dem Boykott der Lieblingssendung des Intendanten! Überweisen Sie Ihre Fernsehgebühren auf ein Sperrkonto!

ROGLER Reichen Sie Verfassungsklage ein gegen das neue ZDF-Sommerprogrammchema!

HILDEBRANDT Behindern Sie die Aufzeichnung von Fernsehshows in Ihrer Stadthalle durch Sitzblockaden und Sprechchöre!

ROGLER Setzen Sie Ihre Hausantennen auf Halbmast!

HILDEBRANDT Verbrennen Sie öffentlich Ihre Programmzeitschriften!

ROGLER Bilden Sie Menschenketten um Ihren Sender! Verhindern Sie die Stationierung neuer amerikanischer Langstreckenserien!

HILDEBRANDT Erklären Sie Ihre Gemeinde zur fernsehfreien Zone!

ROGLER Fangen Sie sofort damit an! Schalten Sie Ihren Apparat aus! Schalten Sie ihn jetzt aus!

HILDEBRANDT Ja! Schalten Sie ihn sofort aus! Kümmern Sie sich nicht um uns!

ROGLER Äh... Genau! Ja! Kümmern Sie sich nicht um uns! Wir... äh... wissen jetzt eh nicht, wie wir wieder rauskommen sollen aus dieser Nummer hier...

HILDEBRANDT Wir haben eh keinen Schlußgag in dem Sinne...

ROGLER Warum müssen Nummern wie diese auch immer einen Schlußgag haben?

HILDEBRANDT Es gibt doch wirklich Wichtigeres auf der Welt!

ROGLER ...wie gesagt: Sie schalten am besten aus jetzt...

HILDEBRANDT ...mehr hätten wir Ihnen im Moment auch nicht mitzuteilen...

ROGLER ...Tja... also...

HILDEBRANDT äh...

ROGLER ...in diesem Sinne praktisch...
HILDEBRANDT ...Sie können jetzt applaudieren, wenn Sie wollen...
ROGLER ...Dankeschön! Danke!

Letzte Meldung (11.1.1990)

MAINZ Trotz der neuerlichen Pleite bei NASE VORN hält das ZDF an Showmaster Frank Elstner fest. Wie aus der Unterhaltungsredaktion heute verlautete, soll Elstner noch dieses Jahr mit einer neuen Show namens HOSE RUNTER ins Fernsehen zurückkehren. Für die Premiere von HOSE RUNTER am Samstag den 14.4. ist die kleine Aula der Grundschule Lauterbach im Kreis Vogelsberg/Hessen vorgesehen. Als Stargäste sollen die »Siggi Siebert Nashville All Star Combo« aus der benachbarten Gemeinde Eichenrod sowie der Chor der Freiwilligen Feuerwehr Lauterbach gewonnen werden, und auch der neue Sendeplatz steht mit 3 oder 4 Uhr morgens bereits so gut wie fest. Kostenlose Eintrittskarten sowie Freifahrscheine nach Lauterbach erhalten sämtliche Haushalte zusammen mit ihrer nächsten Telefonrechnung.

Quellen

Texte Seiten	15, 36, 39, 42, 64, 67, 88, 129, 131, 144, 149 Richard Rogler
Texte Seiten	23, 32, 74, 79, 91, 95, 107, 113, 118, 126, 138, 151, 158 Jörg Metes
Texte Seiten	11, 45, 48, 60, 100 Richard Rogler und Jörg Metes
Text Seite	18 Richard Rogler und Jürgen Becker
Text Seite	51 Richard Rogler und Heinrich Pachl
Text Seite	57* Richard Rogler und Ludwig v. Otting * Die Aufführungsrechte (Film, Funk, Fernsehen, Bühne) liegen beim Theaterverlag Nyssen & Bansemer, Köln)

Fotonachweis

Fotos S. 4, 96 und 122: Bernd Arnold
Fotos S. 20, 52, 79, und 153: Monika Siebert